Yu Tajiri
タジリユウ

ill.
宇田川みぅ

竜の姿

少女の姿

サンドラ

伝説の古代龍。
国を滅亡させられるほど強い。

ユウスケ

神様の手違いで死に、
異世界に転生した本作の主人公。
結界を張るスキルと、
元の世界の物を取り寄せる
スキルを持つ。

ソニア

毒舌なダークエルフ。
Aランク冒険者だったが、
スイーツに釣られて
キャンプ場で働くことに。

CHARAC
オブリ
エルフの村の村長。
魔法の腕前は
化け物級!?
ダルガ
鍛冶工房の元親方。
ドワーフの中でもかなり腕は立つが、
酒に目がない。
ウド
4本もの腕を持つ亜人。
常にイドを気にかけている。
イド
青肌の亜人。
病弱だが頑張り屋で、
責任感が強い。
サリア
エルフの村に住む少女。
魔法が不得意なせいで、
自分に自信が持てない。

第一話　購入制限⁉

「うわっ⁉　冷た！」

顔に何か冷たい物が降ってきたことで、俺はその場から飛び起きた。

「てか、頭が痛いんだけど⁉」

なんだ、顔は冷たいし、頭は痛い！　何が起きたわけ⁉

「……ようやく起きましたか、ユウスケ。もうとっくに朝ですよ」

目の前には美しい金髪をポニーテールにして、このキャンプ場の仕事着であるメイド服を着ている、ダークエルフのソニアがいた。彼女は、逆さにしたコップを手に持ち、碧眼をこちらに向けている。

「……おまっ、もしかして水をぶっかけたのか⁉」

「こうでもしないと起きなかったのですよ。私とサリアで声をかけても揺すっても駄目でしたね。頭を引っ叩いて起こそうともしたのですが、結界の力でそれもできませんでした」

「す、すみません！　どうにか起こそうとしたのですけれど……」

そう口にしたのは、こちらも美しい金髪碧眼のエルフ、サリア。

褐色肌を持つソニアとは異なり、真っ白な肌をしている女の子だ。

彼女も既に、メイド服を着ている。

胃がムカムカするし、頭もボーっとする。なんでこうなってしまったのか全く思い出せないので、順を追って振り返ってみよう。

俺――東村祐介は元の世界で神様の部下の手違いにより死に、お詫びに三つのチート能力をもらってこの異世界へと転生してきた。

一つ目が、異世界の住人であるソニアたちと会話ができたり、この世界の文字を読み書きできたりする能力だ。そして二つ目は、俺が指定した場所に不可視の結界を張れる能力。その範囲内では暴力や破壊などの犯罪行為を禁じることができるのだ。更に、俺の前世の世界で売っていた物を、こちらの世界の金銭と引き換えられるストアという能力ももらった。

授けられたのがこの能力だったのは、『キャンプ場を作る』という前世の夢をこちらの世界で果たしたいと俺が言うのを聞いて、神様が選定してくれた結果である。

ただその代わり、俺には魔法の適性がないらしい。

チート能力をもらっておいてなんだが、せっかくファンタジーの世界に来たのだから、どんな魔法でもいいから一度は使ってみたかったなあと思ってしまうが、それは高望みという物だろう。

ともあれ、俺は神様から授かった能力を使い、『イーストビレッジキャンプ場』を昨日オープンした。

……こんなに早く夢が叶うなんて、本当に幸運だ。

幸運と言えば、ソニアとサリアを雇うことができたのも相当ラッキーだったよな。

ソニアは元々Aランク冒険者だったが、ゆったりした日々を求めて冒険者を引退しようとしていた。彼女がパーティを脱退する場に居合わせていた俺は、ストアで取り寄せたお菓子やケーキで彼女の興味を引き、ひとまずキャンプ場作りを手伝ってもらうことにしたのだ。

それからなし崩し的に雇うことになったわけだが、現状彼女への報酬は、特別高く設定していない。代わりにストアで取り寄せた食べ物と、漫画を提供しているとはいえ、Aランク冒険者を雇うのにかなり金がかかることを考えると、破格の条件なんだよな。

そして、もう一人の従業員であるサリアは、狼の魔物の群れに襲われて、偶然このキャンプ場に逃げ込み、その縁でって感じだ。彼女も可愛らしいだけでなく、キャンプ場に必要な火や水を魔法で提供してくれる、かなり優秀な人材である。


ソニアとサリアを見ると、二人が怪訝そうな顔をしているのに気付く。

俺は一旦回想をやめ、ひとまず頭を下げる。

「ああ、すまん。普通に起こそうとしてくれたんだな、ありがとう。ところで今、何時だ？」

というかメイド服姿の二人に声をかけられつつ揺すられるなんていう、ありがたいシチュエーションの中、俺は意識がなかったのか。

……なんだかものすごくもったいない気分だ。

「もう十時ですよ。そろそろお昼の準備をしなければいけないので、無理やり起こそうとしたのです」

ソニアに言われて時計を見る。

「やべ⁉　もうそんな時間か！」

思わずそう声を上げると、締め付けられるような痛みが頭に走る。

この頭の痛みはなんだ？　……結局この頭痛の理由は、わからずじまいだった。

昨晩のことに絞って思い出してみよう。

確かキャンプ場のオープン初日のお祝いってことで、終業後に従業員三人と六人のドワーフ、獣人冒険者二人、サリアの住んでいたエルフ村のみんな、商業ギルドのギルマスで乾杯した。

そのあとみんなと酒を飲みながら、獣人冒険者のランドさんやソニアから冒険者の話を聞いたり、サリアの生まれ育ったエルフ村の村長さんであるオブリさんたちと話したり。そして、商業ギルドのマスターでハーフリングのジルベールさんの愚痴を聞いたりしたんだよな。

そうだ。確かそんな飲み会の最中、一度管理棟へ戻ってチーズケーキと酒をストアで購入したんだ。

このキャンプ場を一緒に作ってきたドワーフのダルガには看板を、オブリさんには魔物を遠ざける魔導具をオープン祝いとしてもらったから、そのお返しも兼ねて。

特にチーズが好きなエルフ村のみんなや、ケーキが好きなソニアがとても喜んでくれたんだよな。獣人やドワーフのみんなにも好評だったのを覚えている。

それでそのあとは酒が好きな人だけで持ってきた酒を――そうだ、酒だ！　あれが原因だ!!

◆　◇　◆

「それじゃあせっかくだし、一本だけ特別な酒を出そうじゃないか」

俺の言葉に、ダルガが眉根を寄せる。

「なんじゃい、気持ちは嬉しいんじゃが、看板の礼ならいらんぞ。あれはただ暇だったから作っただけじゃからのう」

「ああ、チーズケーキもそうだが、別にこれは礼じゃない。こういう場では自分の持っているご飯や酒をみんなで分かち合う物だからってだけだよ。それにこの酒は珍しくはあるが、それほど高額なわけではない。遠慮なく飲んでくれ」

そう、この酒は別に高いわけではない。一本二千円くらいで買えてしまう。

「……ふむ。そういうことならありがたくいただくとしよう。それで、その酒はどういう酒なんじゃ？」

断ろうとしていたようだが、やはり興味はあったようだ。

そりゃこの流れで特別な酒と言われて、酒好きのドワーフが気にならないわけがない。

「この酒は『スピリタス』といって、俺の故郷で一番酒精の強い酒だ！」

俺がそう告げると、ドワーフたちが揃って声を上げる。

「「「おおおお!!」」」

スピリタスは、世界で一番酒精が強いことで有名なポーランドの酒だ。そのアルコール度数はなんと驚異の九十六パーセント！　酒というよりアルコールその物と言っても過言ではない。

スピリタスはウォッカの一種だが、通常蒸留酒は一回から三回ほどしか蒸留しないところを、なんと七十回以上も蒸留して作られる。あまりのアルコール度数の高さから、日本ではガソリンと同じく危険物として扱われている。

え、ポーランド人って馬鹿なの？　と言いたくなるかもしれないが、ポーランドの冬は寒くて長い。凍らない酒が必要であったため、アルコール度数の高いこの酒が生まれたというわけだ。

……それにしてもやり過ぎだろとは思うがな。

「これは酒精が強過ぎて本当にヤバいから、酒に弱い人はやめておくか、ジュースで割ったほうがいい。それと、飲める人でも一口分しか飲ませないからな」

当たり前だがこんな強い酒を一気飲みなんてしたら、間違いなく急性アルコール中毒でぶっ倒れる。キャンプ場のオープン初日にそんなことをさせるほど俺も馬鹿ではない。

ほんの少しだけ飲んで、スゲーとかヤベーとか言いながら、仲間内で楽しむのが正しいのだ。俺もキャンプ場で仲間と一緒に数回ノリで飲んだが、大いに盛り上がった。まあパーティグッズみたいな物である。

とはいえ、少量飲んだだけでも口から火を噴きそうになるし、喉が痛くなる。本当に好きな人はこの痛みのあとに旨さを感じるらしいが、俺には全くわからなかった。

ジュースで割って飲むと普通に美味いんだけどな。

「ゴホッ、ゴホッ。何これ、喉が焼けそうだよ！」

「ウハァ！　いかん、酒精が強過ぎる！　水、水！」

「ガハッ、俺にも無理だ！　街で出てくる酒を何十倍も濃くしたみてえだ！」

「ゴホッ！　こんな濃い酒を飲んだのは初めてっす！　これは酒なんすか？」

ジルベールさん、オブリさん、ランドさん、ダルガの元弟子が早速飲んだが、咳き込んでしまった。やはりこの酒は強過ぎる。

「ふ〜む、じゃがその奥に確かに酒の味を感じるのう」

「うむ、間違いなく酒じゃとわかるな」

「そうじゃな。しかし、どうやったらこれほど酒精の強い物を作れるのか、想像もつかん」

おお、ダルガと、別の鍛冶場の元親方であるアーロさんとセオドさんは咳き込まずにこの酒を飲めるのか。

「ユウスケ殿、見事な酒をありがとう。感謝するぞ」

「喜んでもらえてよかったよ、セオドさん。さあ、まだまだ夜は長いぞ！」

そして、そのあとも宴会は続いた。

ソニアやサリアたちが管理棟に戻ったあとも、俺はみんなと飲み続けていたんだよな。

スピリタスを飲んだあたりから感覚がバグっていって、いつもより余計に飲んで酔い潰れてしまい……なんとか管理棟まで辿り着いたが、自分の部屋には行けず廊下で寝てしまったってとこか。

そのあと朝起きたソニアかサリアが食堂まで運んでくれて、わざわざ毛布をかけてくれたんだな、きっと。

◆　◇　◆

「……思い出した。道理で頭が痛かったわけだよ。他のみんなは大丈夫だったのかな？」

「朝キャンプ場を回ってきましたが、みんなテントにいるようだったので、大丈夫だと思いますよ。……いつ起きてくるのかまではわかりませんが」

今はまだそれほど寒くないからよかったが、寒い時期にテントの外で寝ていたら凍死する可能性まであった。俺も含めてハメを外し過ぎたみたいだ。ソニアには感謝しなければならない。

「やべ、そういえば朝早くに出発する予定のお客さんはもう出ちゃった？」

「ええ、とっくに出発されました。昨日ユウスケに指示された通りに、朝食のホットサンドを無料で提供したら、とても喜んでいましたよ」

他のみんなにはチーズケーキとスピリタスを振る舞ったからな。先に寝てしまった人たちにもサービスしないと、不公平になる。

とはいえオープン初日だけの特別サービスだがな。

「しまったなあ。せっかく初日に来てくれたんだし、ちゃんと見送りをしたかったのに」

確か今朝出発する予定だったのはソニアの知り合いの冒険者で、男三人と女一人の冒険者パーティだけだったはずだ。

「で、でもここの料理を褒めてくれましたし、きっとまた来てくれますよ！」

サリアはそう言ってくれるが、ソニアの知り合いだし、リップサービスの可能性もある。見送りにおっさん一人が増えたところで変わりはしないだろうけれど、それでも行くに越したことはない。

これは反省しなければ……

そうはいっても、過去の失敗をいつまでも引きずっているわけにもいかない。

「だといいな。おっと、こうしちゃいられない、準備をするから先に昼食の仕込みを頼む」

俺の言葉に、ソニアとサリアが頷く。

「はい！」

「ええ！」

二日酔いで重い身体をどうにか動かして、急いで自分の部屋に戻って制服である執事服に着替える。

今日はまだオープン二日目。二日酔いでダウンしている暇はない。

着替えたあとは今日の料理の仕込みを二人と一緒にして、朝出発したお客さんの後片付けをする。ちゃんとテントを畳んで、テーブルやアウトドアチェアやゴミなどを纏めてくれていたので、片付けはすぐに終わった。実際にキャンプ場を運営する側に回ると、マナーのよいお客さんのありがたさがよくわかる。

テントやマット、寝袋には消臭スプレーをかけておく。一月に一度くらい洗濯して天日干ししておく予定だ。

それとは別に雨の日のあとはすぐに乾かさないと、テントはすぐにカビてしまうから気を付けないとな。

時刻は十一時、このキャンプ場のチェックアウトの時間だ。ジルベールさんが張っていたテントの前に向かう。

「ジルベールさん、もうチェックアウトの時間ですよ」

一泊の予定だったのはジルベールさんとエルフ村のみんな、ランドさんたちだ。オブリさんたちのテントにはサリアが、ランドさんたちのテントにはソニアが様子を見に行っている。

　基本的にお代は先払いなので、支度さえできていればあとは出ていくだけだが――

「うう……頭が痛い。もうそんな時間なの？　ごめん、無理……もう一日泊まるよ……」

　まあこうなるよね。ジルベールさんも昨日は俺と同じくらい酒を飲んでいたわけだし、当然だ。

　明日は仕事があると言っていたが、このまま無理に出発させて、街に戻るまでに魔物や盗賊に襲われたなんてことになっては困る。

「わかりました。お代はあとで結構ですよ。あとで二日酔いに効く料理を持ってきますから。ここに二日酔いでも飲みやすい飲み物を置いておきます」

　俺はそう言って、スポーツドリンクを置く。

　二日酔いにさせてしまった罪滅ぼしとして、潰れてしまった人にはスポーツドリンクを配ることにしたんだよな。

「うう……ありがとう……」


「ジルベールさんは完全に二日酔いでダウンしてるから、一日延泊するって」

　管理棟に戻ってから、俺はそう報告した。

　すると、サリアは苦笑いを浮かべて言う。

「村長たちももう一泊延長するようです。村長もお父さんもお母さんもまだテントで寝ていました」

「了解だ」

「それとルーネちゃんたちにチーズケーキを持っていったら、すっごく喜んでいましたよ！」

「喜んでもらえてよかったよ」

やっぱりオブリさんたちもダウンしているか。サリアの両親は酒にあまり強くないようだ。スピリタスや酒精の強い酒には手を出さずに、酎ハイやワインくらいしか飲んでいなかったけど、二日酔いでダウンしているらしい。

あと昨日先に寝てしまっていた四人には、チーズケーキを持っていってもらったんだよな。エルフはチーズが好きだし、ホットサンドよりもチーズケーキのほうが喜びそうだなーと思っての判断だったが、正解だったようだ。

「ランドたちも全滅ですね。同じく一泊延長するようです」

「そっちもか……」

結局昨日の宴会に参加していた人でまともに動けているのは、酒を一切飲まなかったソニアと、次の日も仕事があるからと最初の一杯しか飲まなかったサリアだけだ。

……従業員の中で一人だけ二日酔いでダウンして、申し訳ない。

「収益を考えると、延泊してもらえるのはありがたいんだが、いくらなんでもこれはまずいな」

「ええ、次の日予定がある人もいるでしょうし、無理に酔っ払ったまま街に帰ろうとして、事故に巻き込まれてしまうなんてことも起こるかもしれません」

「そうですね。街から少し距離がありますし」

……うん、ソニアとサリアの言う通りだ。この世界には回復魔法や解毒魔法があり、簡単な物ならソニアも使えるらしいが、二日酔いには効かないらしい。

このままじゃ、いずれ酒の飲み過ぎによるトラブルが起こるのは目に見えている。

こっちの世界の人たちは酒精が強い酒に慣れていないし、ビールをはじめ冷やした酒は飲みやすいから、加減がわからずゴクゴクいってしまうのだろう。

それに、結界のお陰で酔っ払っての暴力沙汰は起きないが、騒ぎ過ぎたら隣のテントに泊まっている人たちに迷惑をかけてしまう。

そのせいでトラブルが起こるのも当然よくない。

「……やりたくはないけれど、制限を設けないと駄目かもな」

「ええ。そうすればゆっくりと味わってお酒を飲むようになるでしょうし、倒れたり次の日起き上がれなくなったりはしなくなるでしょう」

「そうですね。ここの料理やお酒は美味しいので、制限があってもお客さんはキャンプ場に来てくれると思いますよ」

ソニアとサリアの言葉を受けて、俺は唸る。

「少し考えてみるか……」

「ジルベールさん、起き上がれますか？」

「うん……なんとか。朝よりはまだマシになってきたかな」

昼過ぎに、食事だけのお客さんから注文を取る合間に、二日酔いでダウンしているみんなに軽食を持っていくことにした。

他のみんなには食事を渡し終え、今俺はジルベールさんのテントを訪れている。

「軽くですが、何か腹に入れておいたほうがいいですよ。二日酔いに効く軽食を作ったので食べてみてください」

「ありがとう。あっ、米を使った料理とスープかい？　美味しそうだね。いい匂いがする」

俺的に二日酔いのあとに嬉しい料理——梅と高菜のおにぎり、そして豆腐とワカメの味噌汁を用意した。

「うん！　ご飯の甘味と、赤い実？　の酸味が絶妙にマッチしていて、美味しいね。それにこっちのスープは優しい味だ。中に入っている海藻と白くて柔らかい……何かはわからないけど、これも素朴ですごく味わい深い。なんだか少しだけスッキリしてきたよ！」

気に入ってもらえたようでよかった。梅干しや味噌汁を食べると、二日酔いが和らぐ気がするんだよな。

「気に入ってもらえてよかったです。とりあえず無理せず、ゆっくりと休んでくださいね」

「うん。ユウスケ君、ありがとうね！」

少しは食欲があるようだな。

二日酔いではないサリアやソニアたちにも味噌汁は好評だったので、異世界の人は日本の伝統食材である味噌を受け入れてくれそうだとわかった。

今度は味噌を使った料理でも作ってみるとしよう。


「よし、なんとか今日も乗り切ったぞ！」

二日酔いの地獄の苦しみを耐え抜き、無事に二日目の営業が終了した。

昨日の宿泊客の大半が夕方くらいまで完全にダウンしていたのも逆に助かった気がする。それに午前中は二人がとても頑張ってくれたので、俺はだいぶ楽できた。

そして、今日は昼食だけ利用してくれるお客さんは多少いたが、新規の宿泊客はソニアの知り合いの冒険者の一組だけだった。やはり街から少し離れているため、商業ギルドのチラシを見ても、わざわざここまで泊まりに来るお客さんは少ないのだろう。

そう考えると現状、口コミに頼る他ない。

キャンプ場を利用してくれたお客さんが、知り合いを連れてきてくれることを祈ろう。

そんな風に考えているうちに締め作業が終わった。

それを見計らって、サリアとソニアが声をかけてくる。

「「お疲れさまでした！」」

「サリアもソニアも、お疲れさま。だいぶ仕事に慣れたようだな。メニューの大半を一人で作れるようになったし、接客もバッチリだ。二日目にしてもう教えることはほとんどない」

「あ、ありがとうございます！」

「どこかの誰かさんが午前中にダウンしていたお陰で、私たちもだいぶ経験を積めましたからね」

鋭利な言葉に俺が思わず「うぐっ……」と呻いてしまったのを見て、サリアが咎めるように言う。

「ソ、ソニアさん！　そんなこと言ったら可哀想ですよ！」

「いや、ソニアが正しい。二人には本当に迷惑をかけた。俺の分も頑張ってくれて、本当にありがとう」

俺の言葉に対して、サリアは首をぶんぶんと横に振る。

「いえ、気にしないでください！」

「……そこまで反省しているとは思いませんでした。ああは言いましたが、それほど気にしていないので、大丈夫ですよ。誰でもミスはする物です」

……うう、二人とも優しい。

ブラック企業に勤めていた頃は、上司との飲み会で無理やり飲まされた挙句、次の日に二日酔いでダウンしていたら罵倒されるという、理不尽過ぎることもあった。

それなのに、二人は自業自得で潰れた俺をこうも労ってくれるなんて……天使のようだ。

とはいえ、それに甘えるのはよくない。

「ごめん、今後は気を付ける。昼間にも少し話したけれど、やっぱりこのキャンプ場には酒の購入制限を設けようと思う。もちろん俺も含めてな」

購入を制限すれば、そもそもの摂取量が減る上に、残量を気にしながら飲むだろうから必然的にペースが遅くなる。ちなみに、それとは関係なくスピリタスなんて酒は永久封印だ！

「ええ、賛成です」

「私もです。お酒は飲み過ぎると毒だと村長もよく言っていました」

うん、サリアの言う通りだ。美味い酒も飲み過ぎたら毒になる。

ただ、それを言った張本人の村長は完全にダウンしていたけれどな。

「とりあえず、今まで通りストアで買った缶や瓶の酒をそのまま売るとして、どんな種類でも合計五本までしか買えないようにしよう。で、強い酒は小さい瓶で売るとかして、飲み過ぎてしまわないようにしなきゃな」

ストアでも飲みきりサイズのワインや日本酒が売っているから、とても助かる。

「そのあたりは後々調整していけばいいと思いますよ。あと、お昼に出してもらった……おにぎりと味噌汁でしたっけ？　あれもメニューに加えてはどうですか？」

「おにぎりは受け入れてもらえると思っていたが、味噌汁も意外と評判がよかったな。結構独特の香りがしたと思うが、大丈夫だったか？」

味噌は日本特有の調味料だからな。確か元の世界でも外国人の好みは分かれていたはずだ。

「ええ。むしろとてもいい香りだと感じましたよ。ご飯ともよく合いますし、優しい味でとても美味しかったです」

「私も美味しくいただきました。それに、おにぎりの中に入っていた赤くて酸っぱいのも初めて食べる味でしたが、最高でした！」

「そしたら明日の朝食も、ご飯と味噌汁にしよう」

「ええ、いいですね！」

「はい、楽しみです！」

ソニアとサリアは嬉しそうにそう言って頷いた。

気に入ってくれてよかった。さて――

「それじゃあ、酒の購入制限を設けることをダルガたちに伝えに行かなきゃな」

「みんな、もう体調は大丈夫か？」

「おお、ユウスケか。もう完全に復活したぞ」

「いやあ、儂とわしたことが昨日は久しぶりにはしゃぎ過ぎたわい。次の日に酒が残るなど、いつぶりじゃろうな」

「儂もじゃ。あんなに美味い酒を飲んだのは生まれて初めてじゃったからしょうがないわい。ユウスケ殿、昼に食べたおにぎりと味噌汁とやらは美味かったぞ。あれのお陰でだいぶ楽になった」

そう言いながらもチーズ包みベーコンやアヒージョと一緒にまた蒸留酒を飲んでいるダルガ、アーロさん、セオドさん。元弟子たちもビールを飲んでいる。

やはりある程度制限しないと、際限なく酒を飲みそうだ。

「口に合ったようでよかったよ。ただ……実は、ちょっと悪い知らせがあるんだ」

「ん、どうした？　つまみが売り切れでもしたのか？」

そう聞き返してくるダルガに、俺は言う。

「いや、明日からこのキャンプ場で酒の販売に制限を設けることになったんだ」

「「『なんじゃと!!』」」

「「『なんでっすか!!』」」

『なんじゃと!!』は親方たち、『なんでっすか!!』は元弟子たち。綺麗にハモったな。

「ば、馬鹿な！　そりゃあんまりじゃ！」

「一度あの酒の味を味わわせておきながら制限を設けるなど、魔王の所業じゃぞ！」

「そうじゃ！　ドワーフから酒を取り上げるなど、血も涙もない鬼畜じゃ！」

「鬼っす！　悪魔っす！　魔王っす！」

……いや、さすがにそこまで言われる謂れはないぞ。

ダルガだけでなく、アーロさんとセオドさん、元弟子たちからもひどい言われようだ。

「さすがに昨日はやり過ぎだった。俺も含めて昨日の夜に酒を飲んだ人は、全員酔い潰れていたぞ。美味い酒を前にすると、止まらなくなるのはよくわかった。だが、俺の故郷では酒の飲み過ぎで年に何人もの人が亡くなっている。だから、このキャンプ場で酒を原因とした事故を起こしたくはない」

俺が諭すようにそう言うと、元弟子の一人が聞いてくる。

「ど、どれくらいの量になるんすか⁉」

「今のところ一日に合計五本までかな。加えて、酒精の強い酒の瓶はこれまで飲ませた物より小さい物にする予定だ」

「「あんまりっす‼」」

「そんなもん昨日飲んだ酒の三分の一以下じゃ！　せめてその倍は欲しいぞ！」

「頼む、後生じゃから！　嘘じゃと言ってくれぇ！」

……リアルに血の涙でも流しそうな勢いの元弟子とアーロさんとセオドさん。だがこれだけ酒を欲しがるということは、やはり放っておいたら際限なく飲んでしまうな。

「俺だって酒を飲むから辛いんだよ。でも事故が起きてからじゃ遅い。すまんが、わかってくれ……」

多い時には俺も七、八本は飲むからこの制限に引っかかる。苦しいのは一緒だ。

「くそう……こうなったらヤケ酒じゃ！　とりあえず今ある酒は飲んでええんじゃろ？　今宵だけ

でも飲みまくってやるわい！」

ダルガがそんなことを言い出し、アーロさんもそれに同調する。

「そうじゃな、最後の宴じゃ！　今ある酒を飲み尽くすぞい！」

「ちなみに、それで誰かが倒れたら、購入制限を更に半分にするからな」

「「「…………」」」

……みんな、そんな世界の終わりみたいな顔をして絶句しないでくれよ。俺だって辛いんだからな。

「とりあえず納得……はしていなかったけど、ダルガたちに酒の制限は伝えておいた。そっちはどうだった？」

俺がそう聞くと、サリアとソニアはそれぞれ言う。

「はい、村長も私の両親も納得していましたよ」

「ジルベールもランドたちも渋々ではありましたが、理解してくれたようです」

ダルガたち以外も酒を五本以上飲んでいた気がするが、理解してくれてよかった。

まあ他のみんなはドワーフほど飲んでいなかったし、二日酔いの苦しみを十分に味わったことで『もう懲り懲りだ』って思ったのかもな。

第二話　クレーマー

次の日。今日は二日酔いもないので、ちゃんと街へと帰っていくお客さんを見送ることができた。ぜひともまた来てほしい物である。

そして、ドワーフのみんなはというと……

「とりあえず、あと三泊延長するわい。ほれ、追加料金を先に渡しておくぞ」

「ああ、ありがとう。でも大丈夫なのか、ダルガ？」

「確かに儂らのように酒に強い客ばかりじゃないから、酒の購入に制限を設けることは理解したわい。そして、その分長く滞在することに決めたというわけじゃ」

「なあに、儂らは既に引退した身じゃからな。ここにどれだけ居ても問題ないわい」

「老後の金は山ほど貯めていたからのう。飯も美味いし当分はここに入り浸るぞ」

どうやらアーロさんもセオドさんも、お金にはだいぶ余裕があるようだ。

「まあ俺からしたらありがたい話だから、いいけどさ。週替わりでいつものとは別の銘柄の酒も仕入れておくようにするよ」

俺がそう言うと、ダルガは目を輝かせる。

「おお、そいつはありがたいのう！」

「大親方たちはずるいっす……」

三泊延長するのは大親方たち三人だけで、ダルガの元弟子たちは今日、街に帰る。

彼らは仕事があるからな。

「またぜひ来てください」

「次の休みまで気が重いっす……」

「今日から街のあのぬるいエールに戻るなんて耐えられないっす……」

肩を落とす元弟子たちに、ダルガが言う。

「おい、お前ら。ここに通い詰めて腕が鈍るようなことがあったら、来るのを禁止にするよう息子に伝えるからな！　逆に腕が上がったやつには儂が奢ってやる。だから、気合を入れて頑張るんだぞ！」

「「押忍!!」」

どうやらこのキャンプ場を使って元弟子たちにアメと鞭的な教育を施すらしい。

元弟子たちはやる気に満ち溢れた顔をしている。

まあ誰も損はしないし、継続的にキャンプ場を利用してもらえるなら、俺としてはありがたい。

◆　◇　◆

今日でこのキャンプ場をオープンしてから五日目だ。

二日目こそ二日酔いで地獄だったが、それ以降は大きな事件や問題も起きていない。

泊まりのお客さんはパラパラとしか来ないものの、昼食だけのお客さんがそこそこ増えてきた。

そのお客さんが今後は泊まりで来てくれることに期待するとしよう。

そんなことを思いながら、キャンプ場を開けるための準備をし終える。

「よし、今日を頑張れば明日の午後からは休みだから頑張ろう！」

「はい！」

「ええ！」

「サリアとソニアが頑張ってくれたお陰で、このキャンプ場は十分利益が出ている。明日か明後日（あさって）には街に行って従業員を募集してくる予定だ。すまないが新しい従業員が来るまで、もう少しだけ三人で頑張ろう」

お客さんの数はまだまだそれほどではないものの、酒の販売価格が仕入れ値の三倍以上のボッタクリ価格となっているのが、利益を上げられている要因な気がする。

購入制限によって売り上げは少し下がったものの、それでも結構な利益だ。

既にこのキャンプ場に必要な物は揃えることができているので、ソニアとサリアの給料を払っても十分足りる。それよりも今足りていないのは、人員だ。これからお客さんが増えていくことを想定すると、もう一人か二人は雇う必要があるので、明日は街で従業員を探さねばならない。

ピンポーン！　とチャイムが鳴った。

このキャンプ場ではまだ人手が足りていないため、入り口に人は置かず、訪れた人にチャイムを押してもらう形式だ。

そして、その際に誰が出迎えに行くのかは順番で決まっている。

「よし、今回は俺が出る。サリアは料理を持っていってくれ」

「はい、わかりました」

今日も今日とてお昼時はそこそこ忙しい。だが、それにもだいぶ慣れた。

キャンプ場の入り口へ向かうと、そこには冒険者らしき三人組がいた。

一人目は二十代くらいの男で、ロングソードを腰に携えて、中々立派な防具を身につけている。武器や防具の良し悪しがわからない俺でも、上等な装備であることがわかるくらいだ。

二人目は三十代くらいのガタイのいい男で、大きな斧と盾を持っている。タンクだろうか。

三人目は杖を持ってローブを装備した若い女性。ファンタジー小説とかでよく見た魔法使いそのままだ。あれ、この三人、どこかで見たような気もするんだが……

そう思いつつも、俺はひとまず頭を下げる。

「いらっしゃいませ、ようこそイーストビレッジキャンプ場へ！　本日はお泊まりでしょうか、それともお食事のみのご利用でしょうか？」

「……食事だけだ。それと、ソニアというダークエルフに挨拶がしたい」

どうやら、ソニアが声をかけてくれた冒険者らしい。冒険者ギルドに行った際にチラッと見かけていて、既視感があったって感じか。

それにしても、ソニアは本当に大勢の冒険者の知り合いに声をかけてくれたらしい。商業ギルドの広告を見て来てくれたお客より、ソニアの知り合いのほうが多いくらいだ。

「ソニアの知り合いの方でしたか。それでは中にどうぞ。ソニアを呼んできますので、少々お待ちください」

キャンプ場内の、食事のみを利用する人用のテーブルとイスがある場所へ案内してからソニアを呼びに行く。

それにしてもこの人たち、ずっと俺を睨(にら)んでいるような気がするんだよな。この人たちと関わりはなかったはずだから、気のせいだとは思うのだが……

少しして、注文を取りに行ったソニアが戻ってきた。

「ユウスケ、注文をいただきました。ビールを三つとバーベキューセット三人前、お願いします」

「はいよ。ちなみにあの三人はソニアの知り合いか？」

「はい、少し前に一緒のパーティを組んでいた仲間です」

ああ、思い出した！

パーティ名はなんだったかな……確か深淵のなんちゃら……みたいな感じだった気がする。

「私のわがままでパーティを抜けたのに、わざわざ街から離れたここまで来てくれるとは思っていませんでした。とても嬉しいです！」

ソニアが食べ物以外のことでここまで喜んでいるのは、初めて見た気がする。

それなら、時間を取ってあげよう。

「それじゃあできあがったらソニアが持っていってあげてくれ。そっちのほうが喜ぶだろうし、少しくらいなら、話をしてきてもいいぞ」

「はい、ありがとうございます！」


そんな風にソニアを送り出したのだが、五分後、彼女は困惑したような表情で戻ってきてしまった。

「ユウスケ、すみません」

「ん、どうした？」

「よくわからないのですが、お酒と料理を持っていったら、なぜか手をつける前にこのキャンプ場の責任者を呼んでくれと言われました。理由を聞いても私には言えないと言われてしまって……」

責任者を呼べ、か。正直嫌な予感がする。だが、出ていかないわけにもいかないよなぁ。

結界があるから何があっても怪我することはないはずだけど、気が重い。

「わかった、行ってくる。ソニアはサリアを手伝っていてくれ」

「わかりました。お手数をおかけします」

「大丈夫だ、気にするな」

「大変お待たせしました。私がこのキャンプ場の責任者のユウスケと申します」

早速俺が冒険者たちの元へ足を運んでそう言うと、彼らは眉を顰める。

「さっきの男か」

「こいつがソニアを……」

うん、ソニアがなんだって？

「おい、お前。こいつを見ろ！」

ロングソードを腰に携えた、冒険者パーティのリーダーと思われる男が指を差した先には、先ほどソニアが持っていった、バーベキューセットがある。

一口大に切られた肉と野菜、そして金色の味をはじめとした数種類のタレをセットにした物だ。

「こちらに何か？」

「これをよく見ろ！」

リーダーらしき男が指を差した先を再度よく見る。

すると、バーベキューの肉の上に大きな虫の死骸（しがい）があるのに気付く。

「ここでは客に死んだ虫を食わせるのか！」

「…………」

俺とソニアがバーベキューセットの準備をした時には、当然ながらこんな物は載っていなかった。

もちろんこのキャンプ場は屋外にあるため、ソニアが料理を持っていく際に虫の死骸が入り込んだ可能性はゼロではない。

だが仮にその場合、どうしてそれをソニアが料理を持ってきた時に指摘しなかったのか。そして理由を明かさずに、わざわざ俺を呼びつけたことも不自然だ。

元の世界でブラック企業に勤めていた時によく遭遇（そうぐう）した、クレーマーかもしれないな。なら、対応は慣れている。

「大変申し訳ございません。料理を運ぶ際に虫の死骸が入ってしまったのかもしれません。すぐに新しい料理に替えさせていただきます。また、お代も割り引かせていただきます」

まずはこちらの誠意を見せる。

料理を割り引くだけなら、こちらにそれほど損害はない。ただし、何度も繰り返されたらたまった物じゃないから、しっかりと顔は覚えておく。そして、次回来た時にまた同じことをするようなら即出禁にしよう。

そう思っていたのだが、リーダーらしき男は声を荒らげる。

「そんなことで済むと思っているのか！　危うくこれを口にするところだったんだぞ！」

「そうよ！　もっと誠意を見せなさい！」

……なるほど。タチの悪いクレーマーだと確定したな。

「誠意と言いますと？」

ここで要求する内容によって、クレーマーの目的がだいたいわかる。

「そうだな、まずは土下座(どげざ)でもしてもらおう！」

「ああ、誠心誠意謝れ！」

「そうね、心を込めて謝罪しなさい！」

リーダーらしき男、タンク装備の男、魔法使い然(ぜん)とした女の順に、そう口にしてくる。

「……………」

この人たちは本当にAランクの冒険者なんだよな？　どう見てもただのチンピラなんだが。

そして、この世界にも土下座という文化は存在するようだ……

誰だよこっちでこんな文化を作ったやつ。ちなみに元の世界で土下座を無理にさせようとすると、強要罪で捕まるからな！

しかし、要求が土下座とは意外だった。こういう場合に相手が要求してくるのはお金であることが多い。慰謝料や賠償金なんて名目で、金を手にしようとするのだ。

今回の要求が土下座だということは、その相手や会社や店を陥れたいという目的か、自分が優位に立っている姿を見せつけて満足したいだけか。

大声で大袈裟に話し、他のお客さんにもアピールをしていることを考えると、このキャンプ場と俺を陥れたいって感じか。

こういう時は、絶対に相手の要求を受け入れてはいけない。

「大変申し訳ないのですが、新しい料理との交換とそちらのお代を割り引く以上のことはできかねます。もしもそちらでご納得いただけない場合には、失礼ですがお帰りいただけますか？」

「なんだと！」

「ふざけているのか!!」

二人の男は青筋を立てて、武器を抜いた。そして女も杖を構える。

さすがに武器を抜かれてしまっては、無抵抗ってわけにもいかない。

先ほどから結界の外に、彼ら三人を排除するかどうかの確認画面が出ている。

俺は『はい』と頭の中で念じる。

するとその瞬間、三人は一瞬で消え去った。

俺はお客さんたちに向けて言う。

「皆さん、お騒がせしてしまい、大変申し訳ございません。お詫びに皆さんの飲み物を一杯無料とさせていただきます。今後とも当キャンプ場をよろしくお願いします」

「「「おおお～！」」」

お客さんから歓声が上がる。

とりあえず、ここにいるお客さんたちの心証は大丈夫だろう。

……ただ、これからどうしよう。とりあえずソニアに現状を報告して、そのあとキャンプ場の外に排除されたあの三人をどうするか決めるしかないか。

　

俺がさっきの出来事を説明すると、ソニアは驚愕の表情を浮かべた。

「あの三人がそんなことを!?」

「ああ。とりあえずキャンプ場の外に転移させたが、俺にもなんであの三人がそんなことをしようとしているのか、全くわからないんだ。ソニアがパーティから抜けて、このキャンプ場で働くことになったから、八つ当たりをしてきている、とかか？」

「まさか……さすがに彼らはそれほど愚かではないはずです！　しかし、私にも理由がわかりません。申し訳ありませんが、私と一緒にもう一度彼らと会っていただけませんか？」

「ああ、わかった」

正直に言えば、もうあいつらとは関わりたくはないのだが、一応はソニアの元パーティメンバーだからな。

キャンプ場の入り口へ行くと、そこには見えない結界に阻まれ、このキャンプ場に入ることができない三人の姿があった。

結界を壊そうと必死に攻撃をしているが、無意味だ。

「くそ、なんだこれは！　どうして破れないんだ!?」

「ちくしょう、中に入れろよ！」

リーダーらしき男と大柄な男がそう声を上げる横で、魔法使い然とした女性がふとこちらに視線を向ける。

「あっ、ソニア！」

「ゴート、モーガイ、シャロア。なぜこのような真似をしているのですか！」

どうやらリーダーらしき男はゴート、大柄な男はモーガイ、魔法使い然とした女性はシャロアという名前らしい。

「ソニア、待っていろ！　今俺たちがお前をこんな場所から救い出してやる！」

「待っていてね、その男があなたをここに縛りつけているのでしょう！」

「……皆さんは一体何を言っているのですか？」

ソニアは首を傾げている。

俺にもゴートとシャロアが言っている意味がわからない。何をどうしたら、俺がソニアをこのキャンプ場に縛りつけているということになるのだろう？

「皆さんは何か誤解をしています」

俺の言葉に対して、ゴート、シャロア、モーガイが順番に叫ぶ。

「とぼけるな！　街で聞いたぞ！　不思議な能力で、ソニアを操っているのだろうが！　この見えない頑丈な壁で納得した。やはりお前は何か超常的な力が使えるんだな！」

「そうよ！　でなければ、あんなに強いソニアがこんなに街から離れた場所で、しかも給仕をするわけないじゃない！」

「ああ、そいつに脅されているか操られてでもいなければ、ソニアが俺たちと一緒に冒険するよりも、こんな場所で働くことを選ぶわけがない！」

……どうやらこの三人は街で誰かに変なことを吹き込まれたようだ。確かに普通ならAランク冒険者パーティを抜けて、街から離れた場所で給仕をするなんて、正気とは思えない選択ではある。だから、信じてしまったんだな。

それで料理に虫の死骸を入れて、このキャンプ場の評判を下げようとしたり、俺を直接貶めようとしたりしていたわけか。

「ゴートたちが誰に何を吹き込まれたのかは知りませんが、私は私の意思によってここで働いているのです。別にユウスケに操られているわけではありませんよ」

「わかっている、そう言うようにこの男に命令されているんだろ！　くそっ、この変な壁さえなければ！」

それを見て、ソニアは俺に小声で言う。

「……根が純粋なだけに一度こうと信じ込むと、頑なにそれ以外の可能性を考慮しないのです」

ううむ、面倒くさい性格をしている。どうした物かなぁ。

そんな風に思っていると、ソニアが口を開く。

「わかりました。まずは武器を下ろしてください。私が自分の意思でここにいるという証拠をお見せします」

「証拠だと？」

「ええ。きっとゴートたちにも納得してもらえると思いますよ」

「……ああ、見せてくれ」

ゴートとモーガイは頷いて、それぞれ剣と斧を収めた。

それを見て、シャロアも杖を下ろす。

「ユウスケ、本当に申し訳ないのですが、もう一度だけ彼らにチャンスをください」

「それは別にいいけど、どうするんだ？　たぶん俺やソニアが何を言っても聞く気はないと思うぞ」

三人は一応は武器を収めたが、まだ俺を睨んでいる。

たぶん、隙あらば俺をどうにかしてやろうと思っているに違いない。

「それはですね……」

結界の設定をいじり、三人がキャンプ場の敷地内に入れるようにした。

それから、他のお客さんたちに迷惑がかからないよう、離れた席へと案内する。

そして、テーブルの上にある物を置く。

「……これはなんなんだ？」

「これはフルーツタルトというお菓子です。皆さんは私が甘い物を好きなことは知っておりますよね？」

「ああ、ソニアとは二年以上の付き合いだからな、それくらいは知っている」

自慢げに語るゴート。

「え、これってお菓子なの!?　すごく綺麗！」

「で、この菓子がなんなんだ？」

シャロアはフルーツタルトの見た目に驚き、モーガイのほうは不思議そうにしている。

「まずはこれを食べてみてください」

このフルーツタルトはソニアに頼まれて、ストアで購入した物だ。

それにしても、フルーツタルトか。

最初にソニアと出会った時も、これを食べてもらった上で説得したんだっけな。

そんな風に振り返っている前で、三人はフルーツタルトに手を付ける。

「っ⁉　何これ！　綺麗なだけじゃなくて、こんなに甘くて美味しいお菓子があるの⁉」

「上に載っている色とりどりの果物はどれも食べたことがない物だ。だが、全て甘味が強い‼」

「それに果物だけではなく、その下にはクリームが敷き詰められている！　新鮮な果物に、中のクリーム……そして外側のサクサクとした土台が見事に調和している！　今まで食べたどんな菓子よりも美味い！」

　シャロア、ゴート、モーガイは順番にいい反応をしてくれた。

　特に一番大柄なモーガイが、一番美味しそうにフルーツタルトを食べている。うん、俺もそうだけれど、男の人でも甘い物が好きな人は結構多いよな。

「こちらは先ほど皆さんが頼まれた当キャンプ場おすすめのビールと、名物のバーベキューセットになります。どちらも試してみてください」

　最初に彼らが頼んだビールは既にぬるくなり、バーベキューセットには虫の死骸が入ってしまっていたため、両方とも新しい物を持ってきた。

　デザートのあとにバーベキューってちょっと微妙かなーなんて思ったが、三人とも夢中で食べてくれているな。

「このキャンプ場では、街では味わえない美味しい料理を食べることができます。ただ、先ほどのフルーツタルトは、普通のお客様には出していない従業員特典なのです。他にもここの従業員でないと味わえない物やできないことがあるので、ここで働いています」

なるほど、美味しい食べ物やお菓子を味わわせることで、ソニアがそれに釣られて働いていることを証明してみせたわけだ。

……美味しい物に目がないソニアならではの説得方法だな。

それを聞いた三人はゆっくりと俺らの前に並び直し——

「「「本当にすみませんでした!!」」」

「…………」

俺の目の前には華麗な土下座を披露している三人がいる。実際に生の土下座を見るのは初めてだ。

それにしても、自分より屈強な冒険者姿の男二人とローブを着た女性が地面に頭をこすりつけている姿なんて、見ていて気持ちのいい物じゃない。

「謝罪は受け入れたから、頭を上げてくれ」

とりあえず俺がソニアを脅迫したり、操ってこのキャンプ場で無理やり働かせていたわけではないとわかってくれたのなら、それで十分だ。

それより、まずは頭を上げてほしい。もし他のお客さんが見たら、完全にこっちが悪者だと思われるぞ。

「ソニアが無理やりここで働かされていて、この施設が潰れればソニアは解放されるという話を聞いた。そこで虫の死骸を料理に入れて、周りの客に悪評を広めたり、あんたを脅してソニアを解放させようとしたりしたんだ！」

やはりあの虫の死骸は故意に入れた物だったか。

「本当に申し訳ないことをした！　何も悪いことをしていないあなたに剣を向けたんだ。街へ戻ったら自分たちで冒険者ギルドに報告するよ！」

許すと言っているのに、ゴートは自ら報告をすると言う。

まだ土下座を続けているし、根が真面目というのは本当のようだ。

……だが、真面目過ぎるのも逆に面倒かもしれない。

ソニアは呆れたように溜息を吐く。

「本当に皆さんは何をしているんですか。そんな見ず知らずの者に騙されて、こんなことをするだなんて……」

「まあまあ。幸い今回は何も被害は出ていないし、この人たちなりにソニアの心配をした結果だろ。そうだな、俺に一つ借りを作ったことにしておいてくれればそれでいい。ソニアもそれでいいか？」

「……ええ、ユウスケ。本当に感謝します」

冒険者ギルドに報告をすれば、なんらかの処罰が下されるだろうが、実際に被害はなかったし、ソニアを思っての行動だったので、俺としては一旦許してやりたいところだ。

ソニアの元パーティメンバーでなければ、即出禁の上、衛兵に突き出していただろうがな。

「ユウスケさん、ソニア、本当に迷惑をかけた！」

「ごめんなさい！」

「寛大なご配慮、感謝する！」

ゴート、シャロア、モーガイがそれぞれ改めて頭を下げる。

「それじゃあこの話はこれまでだ。頭を上げて座ってくれ。むしろその格好でいられ続けたほうが気分が悪い」

「あ、ああ。失礼する」

ようやく頭を上げてイスに座る三人。その額には土が付いている。

そんな三人に、俺は尋ねる。

「早速だが、ソニアが俺に操られているなんて嘘をついた人物が誰なのか、教えてくれないか」

このキャンプ場をオープンしてからまだ一週間も経っていない。それなのにソニアがここで働いていることを知っていて、このキャンプ場を潰そうとしている人物……うん、全く心当たりがない。

「ああ、もちろんだ」

それから三人は酒場で出会って話をしたという人物について、話してくれた。

その人は三十代くらいの男性で、特に目立つような特徴はないとのこと。

情報が少な過ぎるってのもあるが、俺にもソニアにもそんなやつに恨まれていたことに心当たりはない。

「うう～ん、皆目見当がつかないな」

「私もありませんね……変装をしていたり、その男も誰かに雇われたりしていた可能性もありますが」

ふ〜む、そいつを放置しておくのは少し嫌な感じだな。キャンプ場でスローライフを送るのを目的としている俺にとって、邪魔になりそうな要因はなんとしても排除しておきたい。

とはいえ、その男の顔すらも知らない俺に、今できることは何もない。とりあえずゴートたちにその男を見つけたら、拘束してほしいと頼んでおいた。

「それじゃあソニア、またすぐに来るね！」

「ええ、シャロア。お待ちしておりますよ」

「ユウスケさん、本当にすみませんでした。それに迷惑をかけた上に、美味い酒やご飯までご馳走していただき、ありがとうございました！」

「ああ、むしろ注文してくれたほうが、こちらとしてもありがたい。今度はちゃんと客として来てくれ。それとその男を捜す件、よろしく頼むぞ」

彼らの誤解が解けたあとは普通にこのキャンプ場のお客様として扱った。

ぶっちゃけ、そのまま帰すよりも注文をしてくれたほうがお金になるしな。

罪悪感からか、わかりやすくはしゃいではいなかったが、酒や料理を楽しんではいたみたいだからら、何よりだ。

「はい、なんとしても見つけてみせます！　そして、このキャンプ場にもまた遊びに来させてもらいますね！」

「無茶はしないでくださいね、ゴート。それではまたのご利用をお待ちしております」

「ソニアもありがとうな！　それでは、失礼します！」

一時はどうなることかと思ったが、なんとかいい具合に収まってくれて本当によかったよ。ソニアの元仲間たちと争いたくはなかったからな。

それにAランク冒険者に貸しができたというのは大きい。

何かあったら遠慮なく頼るとしよう。

謎の男については気になるところではあるが、とりあえず彼らの報告を待つしかない。

今日は俺とソニアがいない間に、サリアが一人でものすごく頑張ってくれていた。

本当に感謝だな。

第三話　亜人の兄弟？

「「ご利用ありがとうございました」」

「おう、またすぐに来るからのう」

「また美味い酒を頼むぞ」

「次の営業日までのお別れじゃな」

このキャンプ場がオープンしてから六日目、火曜日に当たる曜日の十一時。

ようやくダルガ、アーロさん、セオドさんをみんなで見送った。

ちなみに、最初に泊まっていたダルガ工房の元弟子たちは、二泊したあと恨めしそうに街に帰っていったが、その次の日には別の元弟子たちが入れ替わりでやってきた。

そして彼らも二泊して、今日は大親方たちと一緒に街へと帰っていった。

尚、キャンプ場は水曜日に当たる日を休みにしているが、その前日もチェックアウト業務まで終えたら、閉めることにしている。

「ふう〜。いろいろあったが、とりあえず無事に一週間が終わったな。ソニアもサリアも本当にお疲れさま！」

「「お疲れさまでした！」」

「早速で悪いが、このまま俺たちも街に行くぞ。商業ギルドへ行って営業許可証をもらって、冒険者ギルドで従業員を募集して、市場で食材を仕入れて、と大忙しだ」

そう、ジルベールさんに営業許可はもらえたものの、まだ許可証をもらいに行っていないんだよな。

できるだけ早く取りに行くに越したことはないだろう。

今朝帰ったお客さんたちの後片付けをして昼食を取り、着替えてから俺らはキャンプ場を出た。

二時間ほどかけて、街までやってきた。

「よし、まずは商業ギルドか。ジルベールさんがオープン初日にキャンプ場に来るために仕事をサボったのはともかく、二日酔いでもう一日休ませてしまったのは、こちらの責任でもある。ザールさんやルフレさんにも謝っておこう」

ザールさんはジルベールさんと一緒に視察に来たギルド職員で、ルフレさんは初めてギルドに行った際に対応してくれたギルド職員だ。

二人とも奔放(ほんぽう)なジルベールさんにいつも振り回されているんだよな。

今回は俺がそれを助長してしまったような形だから、しっかり謝っておかないと。

そんなわけで、三人で商業ギルドまでやってきた。本当は三人で手分けして用事を済ませたいところだが、先日ゴートたちを唆(そそのか)した謎の男がいることだし、単独行動は危険だろう。

結界があるとはいえ、俺の戦闘能力は皆無だからな。

……もっとも、この世界では珍しい黒髪の俺と、これまた珍しい種族であるエルフとダークエルフという注目を集める三人になってしまうのがいいことなのかはわからないが。

そんなわけでギルドに入り、多くの視線を浴(あ)びながらもカウンターへ。

ルフレさんがいたので、彼の元に向かうと、話しかけてくれた。

「ユウスケさん、いらっしゃい。営業許可証は準備できておりますよ。こちらになります」

「ありがとうございます。あと……謝りたいことがありまして。実は、うちのキャンプ場でお酒を飲ませ過ぎてしまったせいで、ジルベールさんを一日余分に休ませてしまったんです。本当にすみませんでした」

「ええ、ギルドマスターに聞きました。あのあと皆さんで大宴会をされていたそうですね。私も参加したかったです。あ、お酒の飲む量を見誤ったのはギルドマスターなので、ユウスケさんたちが気にする必要はありませんよ」

ルフレさんは、笑顔で更に続ける。

「それに今回の件で、副ギルドマスターの雷が久しぶりに落ちましてね！　お陰さまで今まで職員では対処しきれなかった問題をギルドマスターが次々と解決してくれるようになったんです。むしろ、そういう意味ではユウスケさんたちに、みんな感謝しているんですよ！」

「……な、なるほど」

どうやら今回は、副ギルドマスターがキレるギリギリのラインを見極められなかったらしい。さすがに追加でもう一日サボるのは駄目だったんだろうな。

心の中で合掌しておこう。……南無。

「それにしても、今思い出してもとても料理が美味しかったです。今度は泊まりでお邪魔して、お酒もいただきたいですね」

「ありがとうございます。ぜひお待ちしております！」

　俺は笑顔でそう言って、商業ギルドを後にした。


「さて、次は冒険者ギルドに行って従業員を募集しよう」

　商業ギルドを出て開口一番、俺はそう口にした。

　求人の申し込みをしてすぐに人が見つかるとは限らない。明日までに見つかるのが理想だが、もし無理ならばまた一週間、三人で乗り切らないといけなくなる。

「はい。早めに見つかるといいですね……」

　サリアは心配そうに言うが、実は俺はそれほど心配していない。というのも――

「住む場所と食事を提供するっていう好条件だからすぐに応募者が来るとは思うよ。むしろ何人から選ばないといけなくなるかもしれないけどな」

『水魔法や火魔法が使える人』みたいな難しい条件はない。住み込みで長期で働ければ誰でもいいし、宿代や食費が浮くって考えたら結構いい案件だと思うんだよな。

「……逆に好待遇過ぎて応募者が多く来過ぎてしまうのを心配したほうがよいでしょうね」

「まあソニアの言うように、多く集まってくれるならそのほうがいい」

　元の世界だと住み込みでまかない付きの仕事って結構あったけれど、こっちの世界ではあんまりそういう働き口はないようだ。さて、何人くらい集まってくれるんだろうか。

そんな風に考えていると、突如ガシャーン！　という音が聞こえてくる。

「うおっ、なんだ!?」

なんだ、狙撃か!?　もしかして誰かに狙われてしまっているのか!?

動転していると、ソニアが近くの料理店を指差して冷静に言う。

「向こうのお店で誰かがお皿を割っただけのようですね。それにしてもユウスケ、男のくせにビビり過ぎです」

「やかましい！　今俺らは誰かから恨まれているかもしれないんだぞ！」

俺らの悪い噂を流しているやつが凄腕の殺し屋的なやつを雇っている可能性は、ゼロじゃない。

これくらいビビって当然だ。

それはさておき、先ほどソニアが指差していた店から小太りな男と、大柄な男が出てきた。

小太りな男は怒りを露にする。

「おい、皿を割るのはこれで何枚目だ！　くそっ、忙しいからって亜人なんて雇うんじゃなかったぜ！　お前はもうクビだ、さっさと出ていけ！」

「……ご迷惑をおかけしました」

亜人、か。確かに大柄な男は、他の種族とは違って変わった見た目をしている。

青い髪はこちらの世界で何人か見かけたことはあるし、普通の人より大柄ではあるが、それはさしたる問題ではない。だが、腕が四本ある種族は、これまで見たことがない。

「亜人ですか。珍しいですね」

「は、初めて見ました！」

ソニアとサリアも驚いている。

「何か種族名とかはないのか？」

確か元の世界だと、亜人は『人族に近い姿でありながらも、人と違った特徴を持つ種族』みたいな定義じゃなかったっけ？

エルフやダークエルフやドワーフとかも亜人に含まれるってなんとなく思っていたから、それとは区別されていることに、戸惑う。

俺の質問に答えてくれたのは、ソニアだった。

「この国ではエルフやダークエルフ、ドワーフ、ハーフリングなど有名な種族以外は纏めて亜人と呼ばれています。突然変異的に生まれ、そもそも分類されていない種族って感じでしょうか。しかも残念ながら、この国では亜人に対しての差別があるようですね。『亜人お断り』の張り紙がある料理店も見たことがあります。以前冒険者ギルドで亜人の冒険者を見かけたことがあるのですが、パーティを組むのに苦労しているようでした」

「え、それってなんかおかしくないか？　別に危険な種族でもないんだろ。それなのに差別されるのか？」

「私に言われても困ります。ですが、私たちダークエルフが差別されていた国もありましたからね。

人という生き物は少数派の者を認めたくない物なのですよ」

「…………」

世界中を冒険したソニアが言うのであれば、間違いないのだろう。

元の世界でも昔は肌の色による差別が激しかったから、それと同じなのかもしれない。

……なんかそういうの、嫌だな。

「ソニアやサリアも亜人が嫌いか？」

「私の場合は彼らと同じように珍しい種族ですからね。むしろ立場としては彼ら寄りになります。さっきも言いましたが国が違えばってやつです」

「亜人の人も私たちと同じような物だって、村長や両親が言っていました。私も初めて亜人の方に会いましたけど、全然嫌だとは思いません」

少なくともソニアとサリアは亜人に対して偏見を持っているわけではないようだ。

それなら――

「もしも次の仕事を探しているようだったら、彼を従業員に誘ってみるか。ちょうど失業したところを見ていた縁ってやつだな」

「ええ、構いませんよ」

「はい、私も大丈夫です」

亜人の男は、差別的な言葉を投げかけられながらも、頭を下げて皿を割ったことを謝罪していた。

性格は問題ないように思える。とはいえ、それだけで判断するのも危険という物。

「ただその前に、あとをつけて少しだけ彼の様子を見てみよう」

彼を雇うにしても、もう少し彼がどういう人物なのかを見極めたいのだ。


尾行を開始して、およそ十分ほどが経った。

「……かなり人気のない場所に来たな」

「このあたりは少し治安が悪いのです。この街は比較的栄えていますが、それでもこういった場所はあります」

そう説明してくれたソニアに、聞いてみる。

「尾行がバレて、人気のない場所に誘われている可能性はないか？」

「いえ、彼はそれほど戦闘経験があるようには見えないです。我々の尾行に気付いた様子も、今のところはありませんね」

「ソニアさん、すごいです！」

サリアが感激したようにそう口にし、俺も感心して頷いた。

よくそんなことがわかるな。さすがは長い間冒険者を続けていただけのことはある。

四本腕の男はどんどんと狭く薄暗い道の奥へと進んでいく。

一体こんなところに何があるというのだろうか。

◆　◇　◆

暗い路地を進み続けておよそ五分後。

亜人の男――ウドは、一軒の家の前で足を止めた。

その家は明らかに風化しており、とてもいい環境とは言えない。

ウドがノックすると、扉が開く。

「……戻った。すまないな、イド。また仕事をクビになってしまった」

そんなウドの言葉に、イドは眉根を寄せる。

「そっか……本当にごめんね。もう少し元気だったら僕も一緒に働けたのに……」

「気にするな。明日また仕事を探しに行ってくる。一つ前の仕事は長く続いたんだがな。くそっ、どうしても力加減が上手くいかない」

「いつかきっとウド兄さんにもぴったりの仕事が見つかるよ。こんなに力持ちでたくさんの腕があるんだもん。他の人よりもいっぱい動けて、本当に羨ましいなぁ」

「だが皿は割るし、運んでいる荷物は壊してしまう。それに他の人族にはこの四本の腕が不気味に映るらしい。ただでさえ亜人は、働き口も少ないのにな」

「僕なんて昔から病気がちで、そもそも長時間動くことだってままならないよ。僕でもできるような仕事があればいいんだけどね。いつもウド兄さんに迷惑しかかけていないし……」

「気にするな。イドはまず身体を治すことを優先するといい。しかし俺が働いている間、イドをここに放っておくのはやはり不安だ。宿を取りたいところだが……」

「生活費もほとんどないのに、そんなことできないよ。心配しなくても、僕みたいな死にかけの亜人をどうこうする人なんていないから、気にしないで」

「死にかけだなんて、悲しいことを言うな。でも実際問題どうすればいいのか……」

そんなウドとイドの会話に、突如別の声が割り込んだ。

「なら、二人とも俺が経営する宿泊施設で働かないか？」

◆　◇　◆

二人の亜人を前に、俺――ユウスケは勧誘の言葉を口にした。

会話を盗み聞きしていた中で、二人の名前はわかった。

そして、今までウドさんの体に隠れていて見えなかったが、すぐ近くに来たことでイドさんがどのような亜人だったのかを知る。

イドさんはウドさんと違ってだいぶ小柄で、腕の本数も二本だ。だが、肌の色が青い。

見た目はさほど似ていないように見えるが、二人は兄弟なのだろう。

先ほどまで物陰に隠れながら様子を窺っていたが、もう十分だ。

こんな境遇にもかかわらず、強盗や窃盗をはじめとした犯罪に手を染めず、真面目に働いて生きていこうとしているだけで、善人であるとわかる。

だが、ウドさんは俺らを知らない。当然警戒する。

「……お前たちは、何者だ？」

大きな四本の腕を広げて、背後のイドさんを庇うように俺たちの前に立ち塞がるウドさん。

それに対して、ソニアは俺とサリアの前に出て、腰にある剣に手をかけようとする。

そんな彼女を、俺は宥める。

「ソニア、大丈夫だから」

いざとなったら、即座にキャンプ場に設置してある結界をここに移動すればいいだけの話だ。

結界は一瞬で移動させられるから、俺が見えないレベルの攻撃でなければ防げるはず。

ソニアは剣に手をかけるのをやめて、俺の後ろに戻る。

それを見て、ウドさんは少しだけ警戒を解いた気がする。

とはいえ、まずは名乗らなければな。

「俺はユウスケという。まずは謝らせてくれ。街中でウドさんがお店をクビになるところを見て、ここまであとをつけてきた。その上で二人の話を盗み聞きしていたんだ。すまなかった」

「……なぜそんなことをする？」

「実は、最近宿泊施設を始めたんだが、従業員が足りなくてな。ちょうど冒険者ギルドに行って求人しようとしていたところだった。そんな時にウドさんがお店をクビになったのを見かけて、声をかけようとあとをつけてきた。だが、タイミングを逃して今になってしまったんだ」

最後のは嘘だ。とはいえ、『あなたたちが怪しい人でないか調べるために尾行していました』なんて言ったら、より身構えられてしまうに違いないしな。

「俺たちの話を聞いていたのなら、尚更なぜ俺たちに声をかける？　俺は四本腕の亜人で、しかも力加減ができず、物を壊してしまう。イドだって病弱で体調のいい時しか働けないんだぞ？」

ウドさんは訝し気だ。これまでそれが原因で虐げられてきたことを考えると、当然の反応ではある。

だからこそ、丁寧に答えなければ。

「まず君たちが亜人だということを、少なくとも俺やこの二人は気にしていない。二人はエルフとダークエルフで、君たちと同じ少数種族だ。そして俺の故郷には、人族しかいなくてな。正直に言えば、俺にはエルフもドワーフも獣人も亜人も全員、それほど違いがあるようには思えないんだ」

いきなりファンタジーな世界にやってきた俺にとっては、相手がどんな種族かなんてさほど重要ではない。どっちみちファンタジーの住民だってことしかわからないんだし。

しかし、ウドさんは驚いたように息を呑む。

俺は続けて言う。

「そして、うちの宿泊施設なら物を壊すことができないから、力加減ができずとも、全くもって問題ない」

「……物を壊すことができないとは、どういうことだ？」

「論より証拠だ。これを壊してみてくれ」

ストアで購入した安物のお皿を取り出してウドさんの前に置く。それと同時に、キャンプ場に設置してあった結界を皿のある座標にまで移動させる。

イドさんは「すごい、いきなりお皿が出てきた!?」と驚きの声を上げ、ウドさんは「収納魔法か」と呟いた。

「それに近い能力だ。そして今この場に、俺の結界という能力を展開した。結界の中では物を壊したり、人を傷付けたりできないんだ」

「そんなことが可能なのか？　壊しても弁償する金などないぞ」

「ああ、仮に壊れても金なんか請求しないから、思いっきりやってみてくれ」

ウドさんは慎重に皿の材質を確かめるように二本の腕で皿を持つ。確認が終わるとその逞しい腕に力を込めて皿を割ろうとする——が、当然できない。

更には背中から生えたもう二本の腕を使い、四本の腕で皿をへし折ろうとするが、それも失敗した。

「……確かにどういうわけか、この皿は壊すことができないようだな」

「だろ。うちの宿泊施設では常にこの結界の力が働いているから、皿を割ったり物を壊すことができないんだ。これならウドさんが何かを壊す心配はない」

キャンプ場をオープンする前のこと。接客の練習をしている際にサリアがお皿を落としてしまったのだが、なんと皿は無傷だった。

それからもいろいろ検証してみて、どうやら故意でなくとも、結界内ではキャンプ場の所有物を破壊したり変形させたりできないことがわかったのである。

テントのペグとかはすぐに曲がってしまうから地味に助かる。初めてキャンプした時、いきなりペグを曲げてしまったんだよなぁ。

まさかこんな形で結界の特性が役立つとは思わなかったが、よかった。

ウドさんは少ししてから、口を開く。

「イドは病弱で体調のいい時にしか働けないが、それでも問題ないのか？」

「ああ、問題ない。さすがに働いていない日の給料は出せないが、体調の悪い日は休んでいてくれればいいさ。イドさんが休む日は、その分ウドさんが働いてくれるだろ？」

「……ああ。あと、賃金についても聞いておきたい」

俺がニヤッとしながら聞くと、ウドさんはふっと顔を綻(ほころ)ばせる。

「ああ、うちのキャンプ場はこの街からは少し離れているが、従業員用の部屋があるし、食事も服も全て提供するよ。あと、正直働きと儲(もう)け次第だから幅(はば)のある答えになってしまうが、それとは別に、週に金貨数枚は給金を払えるはずだ」

「…………それは本当なのか？」

なぜかウドさんは会ってから一番の驚愕の表情を見せた。

俺はソニアに耳打ちする。

「……なあ、ソニア。やっぱりこれって好条件過ぎるのか？」

「ええ、先ほども言いましたが、魔法を使えたり戦闘能力が高かったりする者でない限り、一週間で金貨一枚すら稼げません。衣食住を保障するとすれば、週に銀貨五枚もあれば十分いい条件だと言えるでしょう。それに亜人は安く買い叩かれがちなので、尚のこと驚いているのでしょうね」

　思ったよりもこの世界の給料事情はよくないようだ。だって金貨一枚を日本円に換算すると一万円ほど、銀貨一枚は千円くらいだぞ？

　一週間で五千円しかもらえないって、ブラック過ぎるだろ……

　その分物価は安いものの、それにしたってだ。

「……本当にその条件でいいのか？」

　もしかしてウドさん、好条件過ぎて疑っているのか!?

「ああ、うちはそれで十分儲けも出ている。なんだったらまずは試しに一週間働いてから結論を出してくれてもいい」

「…………」

ウドさんが無言になってしまった。あまりに上手過ぎる話を前にすると、人は疑ってかかる物だと聞いたことがある。失敗だったかな。

そう思っていると、イドさんがぽつりと呟く。

「ウド兄さん、僕はこの人たちを信じたい」

「イド……」

「ユウスケさんたちが僕たちを見る目は街の人とは違うと思うんだ。それに、そもそも僕たちに選択肢なんてないに等しい。それだったらこの直感に懸けてみたいなって」

街の人と見る目が違う、か。

彼らはきっと蔑みの視線の中、生きてきた。そういう気持ちは俺の中にはない。

ただ、同情がないと言えば嘘になる。

実際、冒険者ギルドで求人したほうが、この二人よりもよい条件の人が見つかる可能性が高い。それにキャンプ場に来るお客さんの中に、亜人を嫌う人がいないとも限らない。そんな中あえて亜人の二人を雇う必要なんてないのだ。

それでもこうして声をかけたのは、二人が可哀想に見えてしまったからだ。

もしかしたら、今やっていることは偽善なのかもしれないし、あるいは、自分たちのほうが恵まれているから施してあげようって考えている部分だってゼロじゃないだろう。

だがそんなことは知ったことではない。俺たちが従業員を探していたところに、仕事を失って困っている人がいたんだ、そこに手を伸ばさないでどうする？

この世界にはこの二人のような困っている人たちが大勢いるだろうし、その全員を救える力は俺にはない。だが、それがどうした。せっかくの第二の人生だ、俺は俺のやりたいようにやるだけだ。

偽善上等、やらない善よりやる偽善だろ。

俺は心の中でそんな風に改めて意志を固めた。

そのタイミングでウドさんは「わかったよ」と呟いてから、右手を差し出してくる。

「よろしく頼む」

「ああ、これからよろしくな！」


ウドさんとイドさんがキャンプ場の従業員となったことで、冒険者ギルドへ行く必要はなくなった。

というわけで、今は食材を仕入れに市場に来ている。

「俺たちのせいで目立ってしまっているようだ、すまない」

「すみません」

ウドさんとイドさんが揃って頭を下げてくるが、俺は首を横に振る。

「ああ、以前からこんな感じだったから気にしないでくれ」

これまでだって、市場や商業ギルドを歩いている時には目立ちまくっていた。

とはいえ、青い肌のイドさんと、四本腕のウドさんが加わると、いっそうすごい集団になった感はある。バラエティーが豊か過ぎるのだ。

行き交う人たちの大半が振り向き、俺たちを目で追う気持ちもわからなくもない。

だが、気にするだけ無駄ではある。

「よし、これで必要な食材と新しい服は買ったけれど、他に何か必要な物はあるか？　少しだったら給料を先に払えるから、言ってくれ」

ちなみに、食料は一週間分を纏めて買い込んで、ソニアの収納魔法に収納してもらった。

だが、そろそろ収納魔法の容量がギリギリらしい。そういった意味でもウドさんを雇えたのはよかったかもな。腕が四本あれば、運べる荷物だって多いだろうし。

「いや、雨風をしのげる場所と死なない程度の食料があれば大丈夫だ」

「僕も大丈夫です。それよりも、新しい服をありがとうございます」

「ああ、それくらい気にするな」

今までものすごく苦労していたんだな……大丈夫、人並み以上の生活をさせてやる！

「へえ～。それじゃあイドはお母さん似で、ウドはお父さん似なんだ」

「はい、僕たちのお母さんは肌の色が僕と同じ青色で、お父さんは四本腕でした。僕とウド兄さんはそれぞれの特徴を継いだみたいです」

「数年前に村が魔物の群れに襲われた。その時に俺たち以外の家族は亡くなって、それ以降は二人でいろんな村や街を渡り歩いてきたんだ」

「……そうか、いろいろと大変だったんだな」

現在、キャンプ場への帰り道。

ここまで歩いてくる中で、二人のことを聞いてみたのだ。どうやらこの世界では、親の種族の特徴を両方とも受け継ぐこともあれば、片方だけしか継承しないこともあるらしい。

また、互いを呼び捨てすることになった。イドは遠慮してさん付けしてくるが。

「基本的には、どの種族も同じ種族の者と結婚する物ですが、珍しいですね」

ソニアがそう聞いたのに対して、イドが大きく頷く。

「はい、お父さんがお母さんに惚れたらしいです。お爺ちゃんたちに認めてもらうのにすごく苦労したって言っていました」

……そのお爺ちゃんも魔物の群れにやられてしまったのだろうか。

やはり、この世界は常に危険と隣り合わせらしい。

そんな話を続けて湿っぽくなってしまってもあれなので、家族の話はそこで切り上げ、それからの道のりでは仕事内容を説明した。

そうして、無事にキャンプ場へ到着。

俺は言う。

「さあ着いたぞ。ようこそ、イーストビレッジキャンプ場へ！　まずは二人を部屋に案内したいところだが、先に二人とも風呂に入って身体を綺麗にしてきてくれ。サリア、風呂の準備を頼む」

「はい！」

これまでサリアとソニアには一人一部屋ずつ従業員用の部屋を使ってもらっていたが、二人一部屋にしてもらい、空いたもう一部屋をウドとイドの二人で使ってもらう。

その前に、ウドとイドには一度、風呂に入ってきてもらわねば。

健康的な生活は、衛生面を整えるところから始まるのだ。

「せっかくなので髪の毛もサッパリ整えましょうか。ユウスケ、ハサミはありますか？」

そう聞いてくるソニアに、俺は頷く。

「ああ、あるぞ」

ストアで散髪用のハサミを購入して、手渡す。

どうせ今後も使うだろうし、必要経費だ。俺ももう少し伸びたら誰かに切ってもらいたいな。

ハサミを渡すと、ソニアはイドの顔を覗き込み、言う。

「髪を切ったら私と一緒にお風呂に入りましょうか。最初は使い方がわからないでしょうからね」

はあ!?　ソニアは何言っちゃってるの!?

イドの年齢はたぶん中学生くらいだ。さすがにそれくらいの年頃の男の子と一緒に風呂はまずいだろ！

「すまない、イドをよろしく頼む」

ウドまで何言ってるんだ!?

自分の弟が女性と一緒に風呂に入ってもいいのか!?　そんな羨ましい……じゃなかった、倫理的に問題ありそうなことを許したら駄目だろ！

「そうですね。せっかく可愛いらしい女の子なんですから、お洒落しないと駄目ですよ」

サリアまで何言っちゃってるの!?　こんなに格好いい男の子が可愛い女の子なわけ――

……え、今更だけどイドって、女の子なの？

◆　◇　◆

「うわあ～イドさん、可愛いです！」

「ええ、とても素敵ですよ」

「サリアさん、ソニアさん、本当にありがとうございます！　ユウスケさんもこんなに綺麗な新しいお洋服をありがとうございます！　僕には似合わないかもしれないですけど……」

「そんなことないさ。とってもよく似合っていて、可愛いよ」

「あ、ありがとうございます！」

……そう、イドは格好いい男の子ではなく、可愛らしい女の子だった。だが、勘違いをした言い訳をさせてほしい。

今ではその髪は綺麗に整えられているが、先ほどまでは前髪が口元まで伸びており、顔の半分以上がよく見えなかった。それにブカブカの貫頭衣（かんとうい）のような服を着ていて身体の線だってわからなかったのだ。しかも一人称だって『僕』だし……

ともあれ、『イドって男の子じゃないの⁉』なんて口に出していなくてよかった。言っていたら彼女を傷付けていたかもしれないし、俺だけ気付いていなかったわけだから糾弾（きゅうだん）されるに違いないからな。

「ウドもだいぶ綺麗になったな。それにしても……ズボンしか買えなくてすまない」

「問題ない、十分に着心地がいい。それよりも風呂に入ったのなんて、本当に久しぶりで気持ちが良かった。感謝する」

二人の服は市場で購入した。

イドは現在パーカーと短パンを身に着けているのだが、髪を切って風呂に入って、新しい洋服を着たイドは、どこからどう見ても可愛らしい女の子だった。

……なんで俺は、この子のことを男の子だと思ったのか不思議なくらいだ。

ウドは上半身が裸で下は長ズボンだ。当然四本の腕を通せるような服は売っていないため、普通の服を購入してそれをリメイクしようとしたのだが、必要ないと言われた。

今は大丈夫かもしれないが、寒くなる前にどうにかしなきゃな。

さて、ひとまず衣食住のうち『衣』と『住』は与えられた。残るは『食』だけだ。

「それじゃあ晩ご飯にしよう」

それから俺たちは、揃って食堂へ。

俺は机の上に並ぶ料理を指して、紹介する。

「今日の晩ご飯はうどんだ。ウドとイドには伝えていなかったな。俺はこの国から遠く離れた場所からやってきたんだ。だから目新しい物が食卓に並ぶことが多いと思う。口に合わなかったら遠慮なく言ってくれ」

みんなが風呂に入っている間に、今日の晩ご飯を作っておいた。

イドは今まで満足に食事をとれていなかったのか、痩せている。そんな状態でいきなり脂っこいお肉や揚げ物なんかを食べたら、胃がビックリしてしまう。

そういう時には消化のよいうどんに限る。今回は大根、ネギ、白菜、ニンジン、椎茸、溶き卵と鳥ムネ肉なども入っているから、栄養満点だ。

もう少し時間があるならうどんを打ったり、ツユを作ったりしてもよかったが、腹を空かせている面々を待たせるのも忍びない。今回はどちらもストアで購入した物を使った。

「うわっ……とっても美味しいです!!」

「ああ、とても温まる。それに、いろいろな具材が入っているのだな」

よかった。どうやらイドとウドの口に合ったようだ。

「こんなに太くてぐにゅっとした食感の麺、初めて食べました。それにこのスープもいい香りがして……ほっとする味です」

「お野菜も柔らかくて、食べやすいですね」

ソニアとサリアも気に入ってくれたようだな。

味噌汁も好きみたいだし、意外とこっちの世界の人たちも出汁(だし)を使った和食はいけるのかもしれない。

「お代わりもあるからな。じゃんじゃん食べてくれ」

第四話　亜人兄妹の働きぶり

「ふあ～あ、もう朝か」

昨日は晩ご飯を食べたあと、風呂に入ってすぐに寝てしまった。

俺自身もこの一週間でだいぶ疲れていたようだ。

やることが少しあるとはいえ、今日は初めての休日だ。異世界に来てからずっと走り続けていたような感じだったから、今日はのんびりと過ごすとしよう。

「おはよう」

「「おはようございます」」

自分の部屋を出て下の階に下りると、既にソニアとサリアは起きていた。

二人とも椅子に座りながら漫画を読んでいる。漫画はストアで購入した物だが、なぜかこの世界の共通語で書かれているため、ソニアとサリアも問題なく楽しめるのだ。

「二人とも起きるの早いな」

「今日はせっかくの休日ですからね。朝からのんびりと過ごすと決めていました」

「私は自然といつもと同じ時間に起きちゃいまして」

そう言う二人の手元にチラッと視線を向ける。

ソニアは有名な忍者漫画を読んでいる。魔法と忍法って似ているっちゃ似ているから、そのうち分身の術とか再現しちゃいそうで怖い。サリアのほうは有名な少女漫画を読んでいる。主人公の女子高生がお金持ちのイケメン四人に囲まれるやつだ。

なんというか……チョイスに性格が出るよなぁ。

「ウドとイドが起きるまではゆっくりしてていいからな。俺はのんびりと朝ご飯でも作ってくるよ」

「おはようございます。遅くまで寝てしまってすみません！」

「遅くなってすまない」

少しして、イドとウドが起きてきた。

「いいって、二人とも疲れていたんだろ。イドは体調、大丈夫か？　辛い時は本当に無理しちゃ駄目だからな。少しでも体調が悪くなったら誰かに言うんだぞ」

「はい！　昨日はとっても美味しいご飯をいただきましたし、久しぶりに身体を洗えて、柔らかい布団の上で眠れたので、いつもより調子がいいです！」

「あんなに立派な部屋を使わせてもらえるとは思ってもいなかった。感謝する」

立派な部屋といっても、六畳もない二人部屋だがな。

とはいえ、元の風化した家で寝るよりは何十倍もマシか。

「従業員の特権だから、いいんだよ。それより、朝ご飯を食べよう」

そうしてソニアとサリアにも声をかけて、俺らは席に着く。

今日の朝ご飯はザ・日本の朝食。

ご飯に味噌汁、焼き魚、ほうれん草のおひたし、出汁巻き卵、冷奴と定番中の定番の品を集めた。

ここに納豆も追加したいところだが、さすがにあれは上級者向けだから後々にしておこう。

食事を始めて少しして、一通りの料理に手をつけたソニアが言う。

「いいですね。素朴で優しい味付けが堪りませんね！」

「この黄色いお料理、柔らかくて美味しいです。味が染み込んでいます！」

「サリアがさっき食べたのは出汁巻き卵だな。卵を溶いた物に出汁を加えて焼きながら巻くんだ。意外と巻くのが難しいんだよな」

普通の卵焼きは簡単なんだが、出汁巻き卵になると難度は跳ね上がる。出汁を多く入れるとよりふわふわで味が豊かになるが、焦げやすくて形が崩れやすくなるからだ。

地味に手間のかかる料理である。

「ウドとイドは食べられない物はないか？　特に味噌汁とかはこっちの国じゃ食べられていないし、独特の香りがするから、苦手なら遠慮なく言ってくれ」

「どれも美味い。街の屋台で売っている物よりもはるかにな」

「どれもとても最高です！　どの料理もすごく優しい味で、食べやすいです！」

「それはよかった。お代わりもあるからな」

和食はヘルシーでカロリーの低い料理が多いから、身体が弱いイドも食べやすいはずだ。しばらく朝食は和食にしてみるかな。


さて、今日は休みだが、やらなければならないことがいくつかある。さっさと終わらせてゆっくり過ごそう。

みんながキャンプしているのを見ていて、俺も久しぶりにキャンプをしたくなった。焚き火をしながら燻製料理を作りつつ、漫画でも読んでのんびりとしたいなぁ。

おっといけない。それをできるかどうかも、やるべきことが早く終わるかにかかっている。

「よし、それじゃあまず、馬を停める場所を作るぞ」

「了解だ」

まず、ウドと一緒にキャンプ場の入り口に馬を停めておける場所を作る。

先週は、隣町へ行く途中にお昼ご飯を食べにこのキャンプ場に来るお客さんがそこそこいた。

その際思ったよりも馬車で来た人が多く、馬を停める場所を探すのに苦労した。

結局少し離れたところに生えた木の下に、馬を停めてもらったが、さすがにそれはあまりよろしくない。

空きスペースの地面に長めの木の杭を十本打ち込み、ついでに馬が水を飲めるようにしておこうと考えている。

「ソニアが風魔法と土魔法で切り出してくれた丸太を打ち込んでいこう」

「ああ」

ちゃんと先っぽが尖っているので、このまま木槌で打ち込めば大丈夫なはずだ。

「それじゃあ押さえているから木槌で杭を打ち込んでくれ。結界内だから杭も木槌も壊れないいし、俺が怪我することもない。思いっきりやって大丈夫だ」

「いくぞ」

ウドはその四本の腕で一本の大きな木槌を振りかぶる。

迫力がすごくて、正直ちょっと怖い。

さすがに結界がなかったら、思いっきりいけとは言えなかった。

そして木槌を振り下ろし――

ドゴオオオン!!

「…………」

一発……たった一発で木の杭は予定の位置まで埋まってしまった。

普通こういうのは、何回も打ち込んで少しずつ埋め込んでいく物なのに……

「本当に壊れないのだな」

埋まった杭と木槌を見てそう呟くウド。

あっ、たぶん管理棟を建てた時と同じで、俺はいらない子だ。


それから十分後――

「それにしてもすごい力だったな。身体強化の魔法は使っていないのか?」

あっという間に馬を停める場所ができた。これで合計十台の馬車をここに停めておくことができるようになる。俺だけだったら何倍も時間がかかっていただろう。

「ああ、俺に魔法は使えない。純粋に力が強過ぎるだけだ。親父もそうだった」

「そういえば親父さんも四本腕だったんだっけ?」

「ああ。俺たちの村ではいろんな種族の者が寄り集まって暮らしていた。三つ目の者や手脚が長い者や身体が羽毛で覆われている者など、様々だったな。その中でも親父は一番の力持ちだった。村が魔物の群れに襲われた時も、最後まで俺とイドや村の子供たちを逃がそうと戦っていたんだ」

「……そうか、いい親父さんだったんだな」

いろんな種族の集まる村か。一度訪れてみたかったな。

それにしても、二人が生き延びられたのは親父さんのお陰だった、か。

誇らしく思ってもらえていたら、親父さんも幸せだろう。

そう考えていると、ウドが聞いてくる。

「ユウスケの家族は息災なのか？」

「たぶんな。訳あって両親と弟を残してこの国にやってきたんだが、故郷にはもう戻れないんだ。幸せに暮らしていることを祈ることしかできないよ」

「そうか、ユウスケも兄なんだな」

「一応兄だが、うちは弟のほうがしっかりしていたんだよな。俺と違って結婚していたし」

「それでも兄は兄だ。弟が困った時には、手を貸していたのだろう？」

「当然だ。とはいえ、もう手を貸すことはできないがな。まあ、向こうは向こうで楽しくやっているだろうさ。だが、イドはまだ幼い。ウドがしっかり守ってあげないとな」

「ああ、イドは俺の命に代えても守ってみせる！」

「…………」

その意気込みはとても立派なんだが、変なフラグを立てるのはやめてほしい。こちとらスローライフを目指しているんだから、妹を庇ってウドが死ぬとか本当にごめんだぞ。

「……イドを守るのも大事だが、困ったらちゃんと俺たちを頼れよ。せっかく一緒に働くことになった仲間なんだから、遠慮するな。ソニアやサリアたちは魔法を使えるし、俺には戦闘力はないが結界がある。きっと力になれると思うぞ」

「ああ。ユウスケも二人も俺たちを馬鹿にしたような目で見てこないって、昨日と今日でよくわかった。これからよろしく頼む」

「ああ、頼りになる仲間が増えて嬉しい。こちらこそよろしく頼む」

俺たちはそれから、改めて握手するのだった。

「ただいま、こっちのほうは終わったぞ。そっちはどんな感じだ？」

管理棟に戻ってそう尋ねると、入り口の一番近くにいたサリアが答えてくれる。

「お疲れさまです。こっちも順調です。イドさんはすっごく覚えがいいから、一回教えただけでなんでもできちゃいます！」

「おお、それはすごいな。料理経験があるのか？」

「はい。村にいた時はよくお母さんの手伝いをしていました。それにしてもユウスケさん、いくつか料理を作りがてら味見させていただいたのですが、どれもすっごく美味しかったです」

病弱なイドには、基本的には裏方、かつあまり動かなくてすむように料理を作る役割をお願いする予定だ。

このキャンプ場で出している料理は簡単な物が多いから、未経験でも大丈夫かなと思っていたのだが、ありがたいことに料理ができるらしい。

「うちの故郷の料理なんだ。気に入ってもらえてよかったよ」

俺がそう答えたタイミングで、ピンポーン！　とチャイムが鳴る。

「おっ、たぶんソニアが帰ってきたな。俺が迎えに行ってくるから、ウドもイドと一緒にサリアから料理を教えてもらってくれ」

「ああ。サリア、よろしく頼む」

「は、はい！　ウドさんも一緒に頑張りましょう！」

ウドとイドをサリアに任せて、キャンプ場の入り口へ向かう。

「ソニア、お待たせ……ってすごいな、大丈夫だったか」

「はい。少々手間はかかりましたが、この通りです」

「フゴッ、フゴッ」

ソニアの横には口を縛られた猪(いのしし)型の魔物がいる。彼女にお願いして、人を襲う魔物を捕まえてきてもらったのだ。

さて、この魔物には悪いが、オブリさんからもらった魔導具の実験をしてみよう。

俺とソニアは魔物を連れて、開けた場所まで移動する。

そして、俺はポケットに入れていた魔物避けの魔導具を取り出し、魔物の鼻先に近付ける。

「フゴッ、フゴッ！」

「本当に嫌がっているな」

「ええ、こんな魔導具があるのですね」

どうやらこれはかなり効果があるらしい。

それからソニアに魔物を押さえておいてもらって、離れたり近付いたりして、どれくらいの距離まで効果があるか調べてみる。

すると、どういう仕組みなのかはわからないが、この魔導具の半径数百メートル以内にいると、魔物が嫌がることがわかった。

魔導具はいくつかもらっているし、街道からこのキャンプ場までカバーできるな。

これで、だいぶ安全になるだろう。

今度オブリさんに改めてお礼を言っておかねば。

そのあと、この魔物は解体されてキャンプ場の食材になった。

その命、ありがたくいただくとしよう。

はてさて、これで今日やろうと決めていたことは終わった。

既に夕方前だが、このあとはようやく自由時間だ。

ソニアたちは漫画の続きを読むそうで、ウドとイドはこのキャンプ場を見て回ってくるそうだ。

俺は、決めていた通り、久しぶりにソロキャンプである。

大勢でワイワイやるのもいいが、ソロキャンプはソロキャンプでいい物だな。

◆　◇　◆

さあ、また一週間が始まる。

昨日は久しぶりにソロキャンプを楽しんだあと、ウドとイドの歓迎バーベキューを楽しんだ。

ウドも少し酒が飲めるようなので、サリアと三人で乾杯した。とはいえ、さすがに先週のことがあったから、俺もビール二本で止めておいた。失敗から学ぶことが大事なのだ。

イドとウドは、バーベキューやビールの味に驚いていた。

俺はいつもの通り芝居（しばい）がかった口調で言う。

「よし、総員、戦闘配置につけ！」

「え、え～と……」

戸惑うイドを見て、ソニアとサリアが口を開く。

「ユウスケはたまにああいった訳のわからないことを言うので、その時は無視していいですよ」

「たぶん、準備してくれって意味だと思いますよ」

「…………」

相変わらずソニアは辛辣だな……

俺は気持ちを切り替えるべく、一つ咳払いする。

「ゴホン、これからまた一週間が始まるからな。ソニアとサリアは少し慣れたかもしれないが、そういう時こそ大きなミスをしてしまうことが多いから、気を付けるように！」

「了解です」

「は、はい！」

「ウドとイドはここでの初めての仕事になるが、あんまり気負わないように。失敗するのは当然だからな。そこから学んで、同じ失敗を繰り返さないようにすることが大事だ」

「ああ！」

「は、はい！」

そう、失敗は誰にでもある。そこから学ぶことが大事なんだよ。

……と、初日の失敗を改めて脳内で反芻する俺。

うん、大丈夫。もう二度とあんな醜態は晒すまい。

俺は気持ちを切り替え、イドに聞く。

「イド、体調は大丈夫か？　くれぐれも無理はしないでくれよ」

「はい！　昨日からとても体調がいいので大丈夫です！」

栄養のある食事と快適な睡眠を取れているからかもしれない。

このままここでの生活を続けて、どんどん元気になってくれるといいな。

ちなみに、イドはソニアやサリアたちと同じメイド服を着ている。イドは基本的に裏方で料理に専念してもらう予定だから、メイド服でなくてもいいのだが、ソニアやサリアが着ているのを見て、羨ましそうな顔をしていたので、購入してあげたのだ。

……やはりメイド服はいい物である。よく似合っているしな。

ウドは俺と同じ執事服なんだが、当然四本腕用の服なんてないので、肩甲骨の部分に穴を開け、全ての腕を出せるようにした。多少違和感はあるが、問題なく動かせるだろう。

ピンポーン！

「早いな、もう来た。……まあ、誰だか少しだけ予想はつくけど」

時計を見ると、オープン時間の十時きっかり。

こんなに早くに来るのは、アイツらしかいない。

「それじゃあ早速行くとしよう」

「「「いらっしゃいませ、ようこそイーストビレッジキャンプ場へ！」」」

「おう、また来たぞ。……なんじゃ、新しい従業員が増えたんか」

やはり、オープンと同時に来てくれたのはダルガたちドワーフだった。

せっかくなのでイド以外の全員で出迎えた。

「ああ、ちょうど仕事を探していたみたいだったからな。もう一人雇ったんだが、その子は厨房で働いているよ」

「ウドです。よろしくお願いします」

「ああ、よろしくのう。それにしても……ふむ、亜人の従業員とは珍しいのう」

「それを言ったら儂らドワーフだって珍しい種族じゃから、大差ないわい。のう、アーロ？」

「ああ。それより腕が四本あると、槌を打つのに便利そうじゃのう。力もありそうじゃし、うちの工房で働いてみんか？」

「それはやめてくれ！」

俺は堪らず声を上げた。

せっかく雇った従業員を取られてたまるか！

……まぁたぶん、ウドに気を遣わせまいとそう言ってくれたんだろうけどな。

ひとまずダルガたちに、亜人に対する嫌悪感がなくてよかった。

「さすがにそれは冗談じゃ。いや、本気で働きたければ考えてやるがの。そんなことより早く酒を飲ませるんじゃ！　こっちは昨日の夜からずっと楽しみにしておったんじゃぞ！」

アーロさんは相変わらずだな。

俺は苦笑しつつ、言う。

「ああ、すまない。それにしても今回はだいぶ多いんだな」

俺の言葉に、ダルガが答える。

「儂の工房の元弟子の他に、アーロとセオドも元弟子たちを連れてきたからな」

「「「よろしくお願いします！」」」

三人の後ろには若手のドワーフたちが全部で七人もいる。新しいお客さんが増えたのは嬉しいのだが、先週もずっとこのキャンプ場に泊まっていたし、確か元弟子たちの料金は親方であるダルガが持っていたはずだ。金銭的に大丈夫なのだろうか？

「ああ、よろしく頼む。三人とも毎日泊まってくれるのはとても嬉しいんだが、金は大丈夫なのか？　無理はしていないよな？」

「ユウスケ、この方たちが打つ剣は一本で金貨千枚を超える物もザラです。お金の心配など必要ないと思いますよ」

「えっ、マジ!?」

ソニアが言うことをそのまま信じるならば、剣一本打てば一年はこのキャンプ場に入り浸れるんじゃないのか？

「そうだな、心配は不要だぞ。儂もここ最近は金になる仕事よりも面白そうな仕事を道楽で受けているくらいじゃし」

ああ、それでダルガは美味い酒とつまみを報酬に管理棟を建ててほしいという俺の依頼を受けてくれたのか。……どうやら本当に心配するだけ無駄らしい。

「むしろ倍――いや三倍の金を払うから酒の制限をだな……」

「酒の購入制限は変えないぞ」

「どケチめ！」

いやダルガよ、さすがに金の力で酒の制限は変えないからな。

そんな思いを込めてジト目で睨むと、ダルガは俺が折れないことを察したようで、ため息を吐いた。

それから料金の支払いをしてもらい、全員で見張り小屋兼受付へ。

俺とウドは備品室に入り、ダルガたちに貸し出す備品の準備をする。

「それじゃあウド、そっちのテントと寝袋を頼む」

「了解した」

十人分のテントと寝袋とマットはかなりの重量になるが、ウドは八人分を四本の腕で軽々と持ち上げる。

すごいな……俺だったら何回も往復しないといけない量なのに。

俺が残り二人分の荷物を持っていくことで、一回で済んだ。

人手不足という面ではウドを雇えたのは幸運だった。

とはいえ、ウドが亜人であることに対して何か言ってくるお客がいるかもしれない。それも承知の上で二人を雇ったわけだから、何かあったらちゃんと二人を守らなくてはな。

そう思いながら俺とウドは備品室を出る。

「おお、すごい力じゃな」

「うむ、見ていて気持ちがいいわい」

セオドさんとアーロさんがウドの力に驚いている。

俺はそれを横目に、ダルガに言う。

「ダルガ、テントの張り方は大丈夫か？」

「おう、元弟子たちがやるから大丈夫だ。これらの道具は丈夫で面白い構造をしておるからな。いろいろと勉強にもなるわい」

ウドにはテントの張り方も教えてあるから、お客さんが困っている時は手伝ってもらう。小さいテントなら大丈夫だと思うが、大きなテントって意外と複雑で難しいからな。

まあ、手先の器用なドワーフのみんなならたぶん大丈夫だろう。

管理棟から五分ほど歩いたところにある、開けた場所にダルガたちを案内する。

「まずは酒じゃ！　ビールを一本ずつ頼む！　それとつまみも適当にもらおう」

「たったの五本しか買わせてもらえんからな。今回はちゃんと酒も持参しておる。また楽しませてもらうぞ」

「儂はあの唐揚げとポテトっちゅう物を頼む！　あれは街の屋台で食えるどんなつまみよりも美味いわい！」

荷物を運び終わるや否や、ダルガ、セオドさん、アーロさんが早速そう口にした。

「了解だ。……まあ持ってきた酒は自己責任で飲んでいいけれど、ほどほどにな。もしも酒に酔って倒れたりしたら、今度は持ち込み制限をしなきゃいけなくなる」

基本的にこのキャンプ場は食材やお酒の持ち込みを自由にしている。

キャンプ場では自分たちで料理を作ったり、好きな飲み物を飲んだりすることが醍醐味でもあるからな。

正直に言えば、酒を持ち込まれてしまえば購入制限する意味もないような気がしなくもないが、そこまで制限するのはさすがに酷という物か。まぁ日本の酒よりは美味しくないらしいし、酒精も強くないみたいだから、悲惨なことにはならないと信じよう。

「ここの酒にも多少は慣れてきたからのう。そんなヘマはもうせんわい」

「わかったよ、セオドさん。それじゃあ、少し待ってくれ」

そう告げ、俺とウドはその場を後にした。

管理棟へ戻り、俺は注文を伝える。

「注文をもらったぞ。揚げ物はこっちでやるから残りはイドとサリアで頼む」

「は、はい！」

「イドさん、落ち着いてやれば大丈夫ですよ！」

「ソニアとウドは酒の準備を頼む。サリアが作ってくれた氷を入れたクーラーボックスの準備もよろしく」

「はい」

「ああ」

うむ、従業員の数が一気に二人も増えたから、一人一人の負担がだいぶ減らせそうだ。これなら一気に大人数が来ても対応できそうである。あとはお昼時の注文を捌けるかどうかだな。


「焼きそばとカレーライスを一つずつ、それとお茶を二つ頼む」

ピンポーン！

「ソニア、来客対応を頼む」

「承知しました」

さすがにお昼時を迎えると、かなり忙しい。

元の世界のキャンプ場では夕方からチェックインを始める場所が多いが、このキャンプ場では朝からチェックイン可能にしてある。昼食を取ってそのまま宿泊するお客さんを取り込もうとしたわけだ。その思惑通り、昼食もここで取り、そのまま泊まっていくお客さんは多い。

しかし、その分来客対応や昼食の注文などがお昼時に集中するため、かなり忙しい。

昼は全員で対応して、そのあと順番に休憩を取っていくのがいいかもな。

ピンポーン！

「また来た。次は俺が行く。ウドも一緒に来てくれ」

「ああ」

さすがにまだウド一人に接客を任せられないから、俺かソニアかサリアと一緒に接客をさせているのだ。

キャンプ場の入り口まで行き、ウドとともにお客さんに頭を下げる。

「「いらっしゃいませ、ようこそイーストビレッジキャンプ場へ」」

「やあ。先週食べた昼食が美味しかったから、今日はご飯を食べたあとでここで泊まって、明日隣町へ向かうことにしてみたよ」

「ありがとうございます！　あっ、こちらに馬車を停められる場所を作りました。盗難の心配もございませんので、安心してご利用ください」

先週昼食だけの利用でそのまま隣町へ向かうと言っていた商人さんだ。ありがたいことに今日は泊まりで来てくれたんだな。

「おや、先週は見なかったけど新しい従業員かい？　亜人……かな？」

お客さんの言葉に対して、俺は笑顔で答える。

「はい、とても力持ちなので、助かっていますよ」

「ウドと申します」

「ああ、よろしくね。たぶん貴族とかはいろいろと言ってくるかもしれないけど……。でも、僕は応援しているよ。頑張ってね、ウド君」

「ありがとうございます。慣れているので大丈夫です」

このお客さんも嫌悪感を持っていないようでよかった。

……というか、ウドよ、『慣れている』だなんて悲しいから、言わないでほしい。

とはいえ、今までの環境的に仕方ないのか。

「しかし結界は本当にすごいね。これなら安心して馬車を置いていけるよ。一泊するからお酒も飲めるしね。前回来た時にドワーフたちがとても美味しそうにお酒を飲んでいたから、飲みたくてしょうがなかったんだよ」

どうやらダルガたちの酒の飲みっぷりが、知らないうちによい宣伝になってくれたらしい。

「ありがとうございます。お酒もいろんな種類があるので楽しんでいってくださいね」

それからも特に問題らしい問題もなく、今日の営業が終わった。

「ふう〜無事に終えられたな。ウドもイドもお疲れさま。仕事は大丈夫だったか？」

「ああ、何も嫌な言葉をかけられなかったことに、正直驚いている」

俺が知る限りでは、少し怪訝な目を向ける者はいたが、直接何かを言ってくる者はいなかった。考えてみれば、このキャンプ場のお客さんは半数以上が人族じゃないし、貴族が来るような高級店ってわけでもないしな。

いろいろな人の話を聞くに、人族以外は割と亜人に親しみを持っていることが多いようだ。差別しているのは貴族と、一部の人族って感じか……？

ウドは続けて言う。

「それに、仕事中に物を壊さなかったのは初めてだ」

「むしろ力持ちなウドにはとても助けられたよ。テントやテーブルや料理をいっぺんにたくさん持ってきてくれたもんな。イドはどうだった？　体調は大丈夫か？」

俺がそう聞くと、イドが元気に頷く。

「はい、大丈夫です！　料理しか手伝えなくて、ちょっと申し訳なかったですが……」

「そんなことないですよ！　ウドさんとイドさんがいてくれたお陰で、先週よりもとても楽でした！」

「そうですね。二人がいてくれたお陰で、先週よりお客さんが増えたのに、先週とは比べものにならないくらい余裕がありました。三人だけだったらと思うとゾッとしますね」

サリアとソニアがそう口にするが、それは俺も思うところだ。

「そうだな。二人がいてくれて、本当に助かったよ」

ダルガたちは十人の団体客だし、先週は昼食だけだった人たちも三組くらい泊まりで来てくれた。道にある看板を見て昼食だけ食べに来てくれた人だっていたから、昼時は三人では到底回せなかったと思う。

「い、いえ！　僕たちのほうこそ、こんなに美味しいご飯を食べさせてもらえて、屋根のある部屋の柔らかい布団で眠れるなんて思ってもいなかったです！　本当にありがとうございます！」

「以前とは比べものにならないほどよい環境で働かせてもらっている。本当に感謝する」

そう口にするイドとウドに、俺は言う。

「それは何よりだ。だが、今週はまだ始まったばかりだからな。明日からもよろしく頼む」

第五話　特許登録と不労所得

翌日の昼過ぎに、俺とウドは見知った顔を出迎えていた。

「「いらっしゃいませ、ようこそイーストビレッジキャンプ場へ」」

「おう、ユウスケさん、また来たぜ」

「ランドさん、バーナルさん、ありがとうございます」

彼らはソニアの友人の、犬獣人の冒険者だ。

「また美味い酒と飯を期待しているぜ。んっ、こっちは新顔か？」

「ウドといいます。よろしくお願いします」

「おお、ランドだ。こっちこそよろしくな」

「バーナルだ。依頼の合間にちょこちょこ来る予定だから、これからもよろしく頼む」

二人もウドが亜人であることは全く気にしていないようで、よかった。

大丈夫だとは思いつつも、毎回少し緊張してしまう。

「そうだ、今日は川で釣りをしてみたいんだが、頼めるか？」

「ああ、もちろんだよ、ランドさん。テントを張ったら、管理棟まで来てくれ」

「おう！」


「エサはこんな感じで付けるといいと思う。ランドさん、できそうか？」

「おう。だが釣りは初めてだから、いろいろと教えてくれ」

ランドさんとバーナルさんと川へ釣りに来た。

このキャンプ場の隣には川がある。水が綺麗なため、そこにはたくさんの魚が泳いでいる。

ちなみに近くには、川を汚さないよう注意喚起の看板が設置してある。

この世界の文明レベルだと、環境破壊に対する意識は少し低そうだしな。

ストアで買った釣り竿の針の部分に練りエサを付けて、ランドさんとバーナルさんは川の流れの緩やかな場所に糸を垂らす。

本当はミミズやブドウ虫などの生きたエサを付けるほうが食い付きはいいのだが、さすがにストアでも生きたエサは売っていなかった。

「エサに魚が食い付いたら、あとは竿を立てて針を魚の口に引っかけるように動かすんだ。ただタイミングを上手く合わせないと、エサだけ取られたり、針に引っかからなかったりすることもあるぞ。そんなに頻繁に釣れる物じゃないから、景色でも見ながらのんびりと楽しむといい」

「なるほどな。よし、やってみるぜ！」

本当は狙う魚の種類によってエサを切り替えるのがいいんだが、異世界の川魚についてはまだよくわかっていない。

前に一度試した時はイワナやヤマメみたいな魚が釣れて、焼いたあと醤油をかけて食べてみたらかなり美味かった。

前世の常識に照らして、川魚は寄生虫が怖いから生で食べないようにすることと、釣り過ぎないことさえ守ってもらえればとりあえず大丈夫かな。

そう思いながら、俺は管理棟へと戻った。

それから一時間後、管理棟で働いていると、ランドさんの声がした。

「おお～い、釣れたぜ！」

「おおっ、すごい！」

ランドさんとバーナルさんが持っているバケツには、それぞれ三匹ずつ魚が入っていた。

「一日中やって釣れないこともあるのに、この短時間で三匹はすごいな！」

「そうか？　意外と向いているのかもしれねえな。なんつ～か魚の動きが少し読める気がすんだよ」

「そうそう。最初は川に飛び込んで捕まえたほうが早えんじゃないかって思っていたけれど、魚とのやり取りは中々面白かったぞ」

笑いながら言うランドさんとバーナルさん。

……二人の身体能力なら本当にできてしまいそうだ。

「釣った魚は炭で焼いて塩焼きにすると美味しいよ。よかったらこっちで料理しようか？」

「おう、よろしく頼む」

「ああ、了解だ」

「任せるぜ」


「お待たせ」

「こりゃ美味そうだな！」

「おおっ！」

調理が終わって、ランドさんとバーナルさんのテントまで料理を持ってきた。

川で釣った魚は、有料にはなるが調理して提供することもできる。

もちろん自分で調理をしてもらっても全然構わない。

塩焼きくらいなら下処理さえできれば、あとは塩を振って焼くだけだからな。

俺の他にはソニアも川魚の調理ができるようだ。さすが長年生きているだけある、とうっかり口に出してしまいそうになったが、なんとか我慢した。

捌いた魚に長めの串を打ってからパラパラと塩を振り、ストアで購入した七輪(しちりん)でじっくりと焼く。

最初は少し強めの火で焼き、そのあと火から離して焼くと、外の皮はパリパリで中はふっくらとした食感になる。

「魚には塩を振ってあるから、そのままかぶりついてくれ。あとこっちは、ダイコンという野菜を下ろした物に醤油という調味料をかけた物だ。載っけて食べると美味しいぞ」

俺はそう言って、魚の塩焼きと大根おろしの載った皿と、醤油の入った瓶をテント前にあるテーブルの上に置く。

ランドさんとバーナルさんは席に着くと、早速魚にかぶりつき——

「うおっ、脂が乗っていて、こりゃ美味え！　自分で釣った魚だからか、いつもより味がいい気がするぜ！」

「ダイコンと醤油もいいな！　うん、こりゃビールにも合う！」

……ゴクリッ。

思わず喉が鳴ってしまった。

自分で釣った魚を焼いて食べるのって、いいよなぁ……う～ん、本当に美味そうだ。

よし決めた。俺も次の休みはのんびりと釣りをして、塩焼きを食おう！

ちっちゃい魚は南蛮漬けとかにしてもいいしな！

「ユウスケさん、美味かったぜ！」

「ああ、釣りってのもいいもんだな。またやってみるよ」

ぺろりと塩焼きを平らげて、ランドさんとバーナルさんはそう口にした。

「それはよかったよ。釣りもいろいろなやり方があるから、ぜひまた試してみてくれ」

たとえば疑似餌――ルアーを使った釣りとかな。竿を揺らしてエサの動きを再現しなければならないので、練りエサを使った釣りよりも難易度が高いらしい。

更には、エサにするミミズや虫を川場で探すところから始める猛者もいるようだ。

そんなことを考えていたら、早く釣りがしたくなってきた……が、我慢我慢。

◆　◇　◆

そして次の日。残念ながら今日は朝から雨が降っている。

俺が異世界に来てからパラパラと雨が降ったことはあったが、ここまで本降りなのは初めてだ。

「今日は新しいお客さん、来ないですね」

「そうだな、ソニア。さすがにこの雨の中、わざわざ街から来る人は中々いないだろう。たまにはゆっくりと過ごすのもいいいんじゃないか」

俺がそう言うと、サリアが微笑む。

「本日帰る予定のお客様の半分くらいが宿泊を延長してくださったのは、収益的にはありがたいですね」

キャンプにとって、雨は天敵である。

そもそもキャンプ場へ来るのが大変になるし、キャンプ場でできることも制限される。それにキャンプしたあと、片付ける際にテントやグランドシートを乾かさないといけなくなるんだ。

ほったらかしにしているとすぐにカビてしまうからな。

そんなことを考えていると、ダルガが管理棟にやってくる。

「お～い、ユウスケ」

「ああ、ダルガか。何か注文か？」

「いや、酒とつまみは足りとる。すまんが何か暇を潰せるもんはないか？　雨が降っておると、やることがなくてな」

雨音を聞きながら焚き火を見つめる時間も結構好きなんだけれど、さすがにそれは上級者過ぎるよな。あとは読書っていう手もなくはないかと思ったものの、十人も人がいてそれぞれ本を読むのもなんだか違うってことだろう。とすれば……

「それなら、ボードゲームはどうだ？」

「なんだこれは？　裏表が黒と白の……プレートか？」

俺は早速、ダルガたちのテントへ赴いていた。

ダルガの質問に対して、俺は人差し指を立てる。

「これはリバーシという、二人用のボードゲームだ。やり方は本当にシンプル。初めに同じ色が隣り合わないように盤面の真ん中に石を四つ配置する。そして順番を決めて交互に石を置いていくんだ。ただ、お互い、最初に決めた色しか表にして置けない」

俺はそう言いつつ、白い石を黒い石の下に置く。

「こうやって置いた石に直接挟まれた違う色の石は、裏返される。こんな感じでな。ちなみに今回は縦で挟んだが、横でも斜めでも構わない。だが――」

白い石を、左下の角に置く。

「こんな風に、置いたとて何もひっくり返せないマスには石を置けない。で、二人ともが石を置けなくなるまで交互に石を置き続ける。ちなみに、どこに置いても何もひっくり返せない場合は自動的にパスになる。そうして、最終的に自分が選んだ色の石が盤面に多いほうが勝ちだ」

「なんじゃ、簡単じゃな。要は一番多く相手の石を裏返せるところに石を置き続ければええんじゃな」

「ところが簡単に見えて、実は奥が深いんだよ。やってみればわかる」

「よし、まずは儂がやってみよう」

最初の相手はアーロさんか。

それ以外の面々は、盤面を取り囲む。

そうしてゲームが始まり——

「ああ、大親方、そこじゃないっすよ」

「おいアーロ、あっちのほうが一個裏返せる石が多いぞ」

元弟子やダルガたちがそんな風に口を出す物だから、アーロさんが苛立ったように声を上げる。

「ええい、やかましいわい！」

「ちなみに対戦中は口を出すのは禁止だからな」

俺がそう言うと、ギャラリーは静かになった。

パチパチパチ……

雨音とリバーシの石を置く音だけが、周りに響き渡る。これも中々風情があるかもな。

それから少しして、アーロさんがニヤッとする。

「ガッハッハ、口ほどにもないのう、ユウスケ殿。既に盤面は儂の黒色でいっぱいじゃ！」

確かに、現在盤面はほとんど黒くなってしまっている。だが、甘い。

俺は既に盤面の四つの角と端っこを押さえているのだ。

「ぬっ……中々やるのう、追いついてきたわい」

パチパチパチ……

「くっ、逆転されたか。だがまだまだじゃ！」

パチパチパチ……

「くそ、そういうことか、やられたわい！」

決着がついた。結果は俺の圧勝だった。

「アーロさんも途中で気付いたと思うが、このゲームは後半で逆転が起こることが多い。初めは角や隅を取るほうが得なんだ。それを相手にどう取らせないかが、このゲームの肝になってくる」

「「おおおおお!!」」

周囲から歓声が上がる。

ボードゲームは奥が深い。リバーシの他にも将棋やトランプを購入してあげるとしよう。

◆　◇　◆

「サリア、ババはこっちですよ」

「……うう。もう騙されません！　今度はこっちが正解です！」

サリアはソニアの二枚の手札のうち、突き出されたほうの一枚をあえて選ぶ。一回前の勝負では馬鹿正直にババではないと言われたほうの札を取って、ソニアに騙されてババをつかまされた。

それを学習しての判断だったようだが——

「またババです～!!」

「それでは私の番ですね」

「ソ、ソニアさん。ババはこっちなので、反対を引いたほうがいいですよ」

「……今回は嘘のようですね。それではこっちにします」

ソニアが引いた札は、見事に元々持っていた札と同じ数字だった。

「また負けました～！」

今回のババ抜きも、サリアの負けで終わった。

昨日に引き続き、二日連続の雨で新規のお客さんは来ていない。

食事時も過ぎてだいぶ暇だったので、従業員はトランプをして遊んでいる。

「サリアは表情がわかりやす過ぎますね。ウドやイドを見習って、表情を隠したほうがいいですよ」

「いや、俺は別に表情を隠しているわけではないのだが……」

ウドは単に表情が硬いだけだと思うぞ。

ちゃんと感情を隠すのが上手いのは、意外なことにイドのほうだ。

「僕はこのババ抜きというゲームが結構得意かもしれないです。それにしてもトランプは面白いですね。これ一つでいろんな遊び方ができるなんて、すごいです！」

「ああ、ババ抜きや七並べの他にダウト、うすのろ、大富豪、神経衰弱……などなど、かなりの種類のゲームができるからな」

このキャンプ場に滞在しているお客さんも、本だけでなく、俺たちがお勧めしたリバーシや将棋やトランプを借りていったので、今頃同じように遊んでいるのだろう。

ピンポーン！

「あれ、こんな雨の中に新しいお客さんとは珍しい。今回は俺が行こうかな。ウドも一緒に来てくれ」

「了解だ」

ウドと一緒に傘をさしてキャンプ場の入り口へと向かう。ちなみに、俺がストアで購入した物ほどしっかりしてはいないが、この世界にも傘自体はあるらしい。

「「いらっしゃいませ、ようこそイーストビレッジキャンプ場へ」」

「やあ……ユウスケ君。久しぶりだね……」

「ジルベールさん、どうしたんですか!?」

やってきたお客さんは雨具を着込んだジルベールさんだった。

しかし、なぜか彼は憔悴しきった様子。

ここまでの道のりには、オブリさんからもらった魔導具を設置したので、魔物に襲われたということはないはずなんだが。まさか、盗賊!? それとも魔導具が通用しない魔物が現れたのだろうか。

一応怪我はしていないようだが……

「お久しぶりです、ユウスケさん」

尋常でない様子のジルベールさんに気を取られていて視界に入っていなかったが、ザールさんも来てくれていたのか。

「あ、ザールさん、お久しぶりです！ ジルベールさんは大丈夫なんですか？」

「ええ、ギルドマスターはただ疲れているだけですから、気にしないでください。ここ一週間ほとんど休まずに必死で働いておりましたので。お陰さまで我々職員の負担も減って大助かりでした！ 一週間ぶりに副ギルドマスターに休みをもらえたのはいいのですが、今日は雨だからやめればいいのに、皆が止める中、ここに来ると言って聞かなかったのですよ。お目付役兼護衛ということで、今日は私も一緒に一泊することにしました。よろしくお願いします」

「二人ともご一泊されるとのこと、承知いたしました。雨の中、本当にありがとうございます！」

久しぶりの休みだから、悪天候の中わざわざこのキャンプ場まで来てくれたのか。本当にありがたいな。

「うう……早くあの漫画の続きを読みたい。あと美味しいご飯とお酒の用意もよろしく……」

「……わかりました」

漫画が途中だと、先が気になってしょうがない気持ちもよくわかるよ。

「おや、こちらの方は初めてですね。ザールと申します」

「ウドと申します。よろしくお願いします」

ザールさんもウドに普通に接してくれた。

商業ギルドのような公的な機関は、亜人に対してあまりよくない印象を持っているのかと思っていたのだが、勝手な思い込みだったたか。

「……ああ、うちの商業ギルドは他とは違って種族による軋轢（あつれき）はほとんどありませんよ。なにせギルドマスターからしてハーフリングですからね」

俺が不思議に思っていたことを見抜かれたらしい。

にしても、気を遣わせてしまって申し訳ないな。表情に出さないようにしなければ。

ウドだって、こういう話を目の前でされてあまりいい気はしないだろうし。

「ジルベールだよ、よろしくね。あ……駄目だ、漫画成分が足りない。早く先週の続きを読まないと……」

どんな成分だよ……

「すみません。早速案内しますね」

ジルベールさんとザールさんをキャンプ場の一角に案内する。ジルベールさんは完全に疲労でやられてしまっているようなので、俺とウドでザールさんを手伝いながらタープとテントを組み立てていく。

ちなみに、ウドは一本の腕を使って傘を差しながら、残りの三本の腕を使って器用に作業を進めている。

めちゃくちゃ便利そう……いいなぁ。

「いやあ、生き返ったよ！　やっぱりここのカレーライスは本当に美味しいね！」

「ええ、他の料理も試してみたかったのですが、この前食べたのが美味しくて、また選んでしまいましたね。とはいえ、今日は晩ご飯も食べられると考えると、今から何を食べようか迷ってしまいます」

ジルベールさんもザールさんも、今日のお昼ご飯はカレーライスを選んでいた。カレーって定期的に食べたくなるよね。

ジルベールさんは漫画を読んで、カレーライスを食べて、ある程度は復活したようだ。

「そういえばダルガたちドワーフは雨の日なのに何をあんなに騒いでいるのさ？」

ドワーフのみんなは雨の中、今日も大きなタープの下で酒を飲みながらボードゲームやトランプを楽しんでいるようだ。

「確かに少しうるさいですよね。あとで注意しておきますね」

いつも通りキャンプ場の端っこにテントを張っているのだが、それでもかなり離れたこのあたりまで声が届いてくる。たとえ、常連客のダルガたちであっても、他のお客さんたちに迷惑をかけることはよくないもんなぁ。

「ああ、別にそれは構わないよ。そもそも雨音がすごいから、そんなに気にならない」

「ジルベールさん以外のお客さんもいるし、そこはちゃんと言っておかないと」

「そういう物か。まぁそこらへんは僕が無理に止める話でもないし、任せるよ。で、彼らは何をしているんだい？」

「雨の日でもできる俺の故郷のボードゲームやカードゲームですよ。ザールさんもいるし、せっかくなら二人でできるゲームを試してみますか？」

「へえ～そんな物があるんだ。漫画もちょうど区切りのいいところまで読んだし、ぜひお願いするよ」

「……とまあこんな感じで、このゲームは後半での逆転が容易なので、初めは角や隅を取るほうが得なんですよ。それを相手にどう取らせないかが、このゲームの肝といったところです」

「見た目に反して中々奥が深そうなゲームですね。なるほど、これは面白い！」

「こっちの将棋はコマをお互いに取り合うゲームですが、コマの動きが複雑なので、説明書を読んでください。あと、このカードゲームはトランプといって、これ一つで数十種類ものゲームが遊べるんですよ」

「数十種類ですか⁉　ふむふむ、それぞれの札に数字やマークが書いてあるのですね」

「…………………」

「ジルベールさん？　何かわかりにくいこととかありました？」

ザールさんはゲームを一つ説明するごとに大盛り上がりだが、なぜかジルベールさんはリバーシを見つめたまま、真面目な顔で黙ってしまった。

それほど難しいルールではないはずなんだけどな。

「……このリバーシというゲーム、単純に見えて中々奥が深そうだね。それにルールが子供でもわかるくらいにシンプルだ。これほど簡単に作れそうなゲームなのに、今まで誰も思いつかなかったなんてね……」

そう、確か元の世界でもリバーシが考案されたのは十九世紀と、割と最近だったはずだ。トランプや将棋のほうがずっと昔に考案されていたらしい。

「ねえユウスケ君、前にお酒とか漫画とかは街で商品にするつもりはないと言っていたけど、これらのゲームを商品にする気はないかい？　商業ギルドが全面的に後押しするよ」

「う〜ん……やめておきます。商売にしたら大金持ちになれるかもしれませんが、その分時間も必要だし、街の大きな商店から目をつけられる可能性もあります。俺はそういうのが面倒だからここでキャンプ場をやっているんですよ」

もちろんお金は欲しい。だが、リスクを天秤にかけると、そこまでしなくてもって気になってしまう。

「……ユウスケ君ならそう言うと思ったよ。でもこれらのゲームはここのお酒や漫画と違って、簡単に真似られてしまうと思うんだよ」

確かにキャンプ場にある酒や漫画と違って、簡単に複製が可能だ。

リバーシなんて、木の板とペンキさえあれば俺でも作れるもんな。

「それは、諦めるしかないですかね。その時はここをリバーシ発祥の場所とかにして宣伝でもしてみようかな」

「……まったく、呑気だね。わかったよ、それならこの遊具を特許登録するのはどうだい？」

「特許登録、ですか？」

「うん。簡単に言うと、この遊具を作って店で売る時に使用料を払わないといけなくなるんだ。申請にも様々な条件があるのだけれど、これらの遊具は十分にそれを満たしていると思う」

なるほど、元の世界の特許権と同じか。でもこれらのゲームは俺が発明したわけではないんだよな。それを俺の名前で登録してお金をもらうのは、少し気が引ける。

「放っておいたら、たぶんこのキャンプ場に遊びに来た商人が勝手に商品にしちゃうと思うよ。いくら僕がこの遊具がここ発祥だと知っていても、特許登録していない物の販売を止めることはできないからね。下手をしたら、そのままその商人が特許登録しちゃうかもしれないし」

「…………」

さすがにそれは嫌だな。しかも、その使用料もたぶん販売者がある程度は決めることになるのだろう。下手に高額な使用料を設定されて、商品が高額になって限られた人だけの遊びになってしまうのはよろしくない。

俺は少し考えてから、口を開く。

「わかりました。では、特許登録をお願いします。もしも使用料の設定ができるなら最低の金額でお願いします」

「普通の人は使用料をできる限り高くしようとするんだけどね……」

「これは俺が考えた遊具じゃないですからね。作った人たちはとっくに亡くなっているけれど、それで俺が大金を得たら駄目な気がする。むしろ値段を安くしていろんな人に遊んでもらえたほうが、その人たちも喜ぶと思います。なんなら、商業ギルドから安く販売してもらうこととか、できないですか？」

商業ギルドから販売されれば、安くとも信用はしてもらえるはずだ。

それに使用料を低く設定しておけば、誰でも商品の販売ができるわけだから、商人たちから感謝されることはあっても、恨まれることはないだろう。

「……本当は王族や貴族限定で販売していくほうが高く売れて儲かるんだけどね。でもユウスケ君がそう言うなら従うよ。商業ギルドから販売できるだけで、万々歳(ばんばんざい)だ」

「それでは、よろしくお願いします」

「こちらこそよろしくね！」

ジルベールさんと握手を交わす。

それから少しだけ話し合って、とりあえず次の休みの日にリバーシと将棋とトランプの特許登録をすることになった。一旦キャンプ場で貸し出すゲームもそれだけにしておいて、販売状況などを見て、他をどうするかを決めていくという話だ。

他にもチェスをはじめ、楽しんでもらえそうなゲームは山ほどあるからな。

「それじゃあ詳しい内容は次に商業ギルドに来た時にね！」

「ええ、承知しました。それではゆっくりしてくださいね」

それにしても不労所得、なんと素敵な響きだろうか！

実際にお金が入ってくるとなると、嬉しさがこみ上げてしまうのは仕方のないことだろう。

だって、働かなくても勝手にお金が入ってくるんだぞ。こんなに素晴らしいことがあっていいのだろうか！

……いかんいかん。こんなことばかり考えていたら、ソニアに怠惰(たいだ)だと叱られてしまう。

第六話　最高の休日

「「「ご利用ありがとうございました」」」

「また来週も来るからな。それにしてもこの将棋っちゅうゲームは面白かったわい。工房に戻ったらすぐに完成させるとしよう」

　ダルガは将棋をえらく気に入ったらしく、自分用の将棋盤やコマを作らせてほしいと頼まれたので、木材を提供した。私的に利用するだけだったら使用料も何もないだろう。

　道具は常に持ち歩いていたようで、昨日のうちに俺がストアで購入した将棋盤やコマよりも立派な物を作り上げていた。

　あとは墨（すみ）を入れて、ツヤ出し用のニスなどを塗（ぬ）れば完成らしい。同じようにアーロさんやセオドさんもリバーシや将棋盤やコマを作っていた。やはり職人は自分で作りたくなる物なのだろうか。

　それはさておき、無事に二週目が終わった。

　今週は二日間雨が降ったくらいで、先週のように大きな事件もなく平和だったな。

　うん、こういう日常がいいんだよ。

「ふ～お疲れさま。みんなのお陰で無事に今週も乗り切れたよ。早速だけどまずはケーキでも食べながら、今後のことを話そう」

俺がそう口にすると、ソニアが歓喜の声を上げる。

「ああ、やっとケーキが食べられます！　一週間食べられなくて、本当に地獄でした」

「久しぶりですね、ソニアさん。私も楽しみです！」

そう、今週はみんなケーキを食べていない。ソニアを正式に雇った時に、ケーキを三日に一度食べさせることを約束しており、サリアにも同じように出していた。

しかし、今週はウドとイドがいた。

身体が弱っている時に、あまりにカロリーが高い物を取るのはよくない。かといって、ウドはまだしも、子供のイドの前でソニアとサリアにだけケーキを食べさせるのも残酷だということで、全員でケーキ断ちをしていた、というわけである。

だが一週間が過ぎ、二人ともだいぶ健康になってきたので、久しぶりにケーキを解禁しようという運びになった。

「ケーキ……ってなんですか？」

首を傾げるイドに、サリアが微笑みかける。

「ふふ、イドさんもびっくりすると思いますよ」

俺はそれを横目に、ケーキを人数分並べる。

今回はロールケーキにしてみた。もう大丈夫だとは思うが、気持ちカロリーが控えめなやつだ。

「ああ、シンプルながらも甘くて美味しいです！　やはりこのクリームは、最高ですね！」

「本当ですね！　やっぱりケーキは甘くて幸せな気分になります！」

そう口にするソニアとサリアに続き、イドもケーキを口に運ぶ。

「わわっ、本当に美味しいです！　僕、こんなに甘い物を食べたのは初めてです！」

「……うむ、甘くて美味い」

ウドもケーキを気に入ってくれたみたいだ。

彼は基本無表情に見えるが、少しずつ喜んでいる時の顔がわかるようになってきた。

「喜んでもらえてよかったよ。それにしてもウドもイドも、一週間お疲れさまだったな。で、これからもここで働いていけそうか？　特にイドは、結局休まずに毎日働いていたけど」

「俺が物を壊さずに一週間も働けたのは初めてだ。それに雨風をしのげる部屋と美味い食事がある。こんなに最高な場所はない、これからも働かせてほしい」

「僕もここでお世話になってから体調がよくなってきた気がします。もしかしたら休んでご迷惑をかけてしまうこともあるかもしれませんが、ここに置いてください！」

「二人がそう言ってくれてよかったよ。二人のお陰で今週は先週よりもだいぶ楽だった。こちらとしても、ぜひ働いてほしい」

そう言って軽く頭を下げた俺に続いて、ソニアとサリアも言う。

「ええ、二人のお陰で先週の忙しさが嘘のようでした。これからもよろしくお願いします」

「ウドさんとイドさんのお陰でとても助かりました。よろしくお願いします」

ソニアとサリアも、二人がここで働いてくれることを喜んでくれているようで、よかった。

それから俺らは、今週の振り返り会をした。

とはいえ反省点については先週と違ってほとんどなかった。ソニアやサリアの接客はもうほとんど言うことがない。ウドは少し口数が少ないが、接客に支障は出ない範囲だし、改めてもらうまでもないだろう。

来週からは一人で接客をしてもらうことになるが、きっと大丈夫だ。

ちなみに馬を停められるようにしたのも、お客さんにはとても好評だった。

オブリさんからもらった魔導具だって、実際に目に見えるような効果はないのでまだわからないが、魔物が侵入してこなかったし、特に問題なしだ。


「それじゃあ行ってくる。留守番よろしく頼むな」

午後の休みはまた街に行く。いつも通り食材の仕入れがあるし、商業ギルドに行ってリバーシと将棋とトランプの特許登録をしなければならないからな。

今回街へ行くのは俺とソニアとサリアだけ。イドとウドはキャンプ場でお留守番だ。

イドが街までの距離を歩くのは難しいのが、その理由だ。

『新しく雇ったばかりの二人だけで留守番なんて本当にいいのか？』みたいなことをウドとイドに

言われたが、結界があれば物を持ち出せないわけだし、心配していない。資金の大半はストアにチャージしているし。

そうでなくとも、イドとウドを信用している。あえてソニアかサリアを残す理由もないだろう。


街へ着いてから、まずは商業ギルドへと向かった。

ルフレさんに話をすると、上の階にあるギルドマスターの部屋に通された。

そこには既にジルベールさんとザールさんがいた。

俺らが席に着くなり、ジルベールさんは書類を渡してくれる。

「やあ、ユウスケ君。わざわざありがとうね。書類は準備できているから、確認をお願いするよ」

「すごく豪華なお部屋ですね」

俺は気を遣いつつもそう言ったのだが、ジルベールさんと旧知の仲であるソニアは遠慮がない。

「よっぽど儲かっているのでしょう。この壺なんてかなりの値打ち物ですよ」

「ちょ、ソニア！　それマジで高いやつだから、指一本で持ち上げるのはやめて！」

そんな風にじゃれ合っている二人を見つつ、俺は書類に目を通す。

特許登録された物を登録者以外が商品として販売する場合は、定められた使用料を払わなければならない。その使用料は商業ギルドが受け取り、月に一度、商業ギルドから登録者に手数料を差し引いた金額が支払われる。

書かれていたのは、そんな感じの内容だった。

俺は念のため書類を二回読んで、頷く。

「内容は大丈夫です。あとは以前もお伝えしましたが、使用料は安く設定していただけるんですよね？」

「ほぼ最低価格にするよ。で、考案者が漏れないようにもする予定だから、恨まれる心配もないはずさ。ただ、ギルドでの販売価格についてはちょっと相談させてほしい。まず、一般人でも手に入る価格にはなると思う。試作品を作ってもらったけど、高価な材料はないし、さほど手間だってかからないからね」

「……なるほど」

すごいな、もう試作品まで作り始めているのか。彼が商業ギルドに戻ったのはたった一日前だというのに。

「ただ、一般人が買える価格の商品とは別に、貴族用の高価な商品――限定版みたいな物も販売したいんだよね」

「貴族用、ですか？」

「うん。これらの遊具の販売を始めて最初に興味を持つのは貴族たちだと思うんだ。彼らは時間を持て余しているから娯楽(ごらく)に飢えているんだよ。ただ、彼らは外聞(がいぶん)を気にする。安い商品しかないんじゃ手を出しにくいんだよ。だけど、高級な物も出せば、貴族にも広まりやすいと考えている」

「ふむふむ……」

「貴族に広まれば、一般の人にとっても付加価値になる。貴族も興じているほどの娯楽を、自分たちも楽しめるって感じでね。ユウスケ君が前に言っていたように、より多くの人へ広めたいって目標のためにも、悪くないアイデアだと思うんだけど、どうかな？」

……ジルベールさんは、本当にすごいな。たったの二日で試作品を作るだけでなく、それを更に効果的に売るためのアイデアまで考えていたなんて。

話でしか聞いていなかったジルベールさんの有能さを、垣間見た気分である。

この世界の商売は俺にはわからないし、この人に任せておくのが一番確実な気がする。

「わかりました、そのあたりは全てジルベールさんにお任せします」

必要な書類にサインをして、俺らは商業ギルドをあとにした。

「しかし本当にすごかったな、ジルベールさん」

「私は話を聞いていても、全然わからなかったです……」

そう弱々しく口にするサリア。

その横で、ソニアが言う。

「普段はあれですが、ジルベールは有能な商業ギルドマスターですからね。彼に任せておけば問題はないでしょう」

それもそうだな。正直不労所得に対して不安半分期待半分だったが、完全に不安を解消してもらったような心持ちだ。

俺は晴れやかな気持ちで口を開く。

「よし、それじゃあ市場で買い物をしてキャンプ場に帰るとしよう。ついでにウドとイドにも何かお土産でも買っていくとするか」

「いいですね、せっかくなので屋台街にも足を延ばしましょう」

「はい、私もお給料で何か買っていきたいです！」

ソニアとサリアも賛成してくれた。

そのあとはソニアとサリアと一緒に今週分の食材を仕入れ、屋台街を回って食べ歩きをして、お土産を買って。

特に何事もなく、無事にキャンプ場へ帰ってきた。

◆　◇　◆

翌日。今日は完全に一日丸々休みである。

異世界に来てから完全にオフの日は初めてだ。

昨日はビールを一本しか飲んでいないし、早めに寝たから朝の九時くらいに起きられた。

……え、遅いって？　いや、俺が目覚ましなしで九時に起きられるって、結構すごいことだよ。

まあいい、ともあれ早く起きたからには早く動き出そう。

みんなを誘って釣りに行くのだ。

「こんな感じでエサを付けて川に糸を垂らすんだ。魚が針に食い付いたと思ったら、竿を立てて針を魚の口に引っかける。上手く引っかかったら、竿を引いて魚を引き上げてくれ」

「はい、やってみます！」

イドが元気に返事をしてくれる。

イドとウド、サリアは竿を手にしているが、ソニアは少し離れたところでアウトドアチェアに座って漫画を読んでいる。

ソニアは釣りをする気はないようだが、一人で管理棟にいるのは寂しいのか、漫画とテーブルとアウトドアチェアをわざわざここまで持ってきて、川の横に陣取っているのだ。

……寂しがり屋なダークエルフさんである。

「そんなにすぐ釣れる物でもないから、のんびりと待っていよう。みんな、釣りは初めてか？」

なんとなくランドさんたちに教えたのと同じように釣りの方法を教えてしまったが、よくよく考えると、経験者がいてもおかしくないもんな。

だが、サリアは首を縦に振った。

「はい。私の村では魚を獲る時は魔法を使いますから」

「……そういえばサリアの村はそうだったか。まあ釣りはのんびりと魚を獲る過程を楽しむ物でもあるからな」

水魔法とか雷魔法とかを使えば一瞬で魚を獲れそうだ。だが、苦労して時間をかけるほど釣った時の嬉しさが増すのである。

「イドとウドはどうだ？」

「僕たちの村の近くには川や海がなかったので、釣りは初めてです」

「魚は干物や塩漬けにされた物しか食べたことがない」

冷凍技術なんかもないだろうし、川が近くにないならそうなるか。

「そうか、それなら初めての釣り、楽しもう。川には貝やエビとかもいるから、今度は罠を仕掛けておくのもいいかもしれないな」

子供のころは、よく海の堤防釣りに連れていってもらったな。

だが、川釣りは一度だけしかしたことがないし、竿もキャンプ場でレンタルした物だった。

それでも釣れた時は嬉しかった。

あの時の気持ちを味わいたいし、みんなにも味わってほしい。

——二時間くらい粘った結果、釣果はサリアとイドが二匹でウドが五匹、俺が一匹だった。

……解せん。

ウドは途中からコツを掴んだのか、四本の腕を使い、二本の竿を操っていた。

本当にそれぞれの腕を器用に使える物なんだな。

そんなわけで、昼食は川魚の塩焼きとご飯、味噌汁、冷奴、おひたし——お魚定食だ。

なぜか釣りをしていないソニアまでウドからもらった魚を食べていたが、俺も一匹ウドにもらったから文句は言えない。

炭火で焼いた川魚は外側の皮がパリッとしていて、中の身はふっくら。脂も乗っている。

やはり炭火で焼くと香りが違う！　そして細かい理屈は知らないが、ガスを使って焼くよりも美味しい！

たまにはのんびりと釣りをするのもいいな。


「ふっふっふ、ついに買っちった！」

釣りのあと、片づけを終えた今、俺の目の前には黒光りする巨大なブツがある。

そう、万能調理道具であるダッチオーブンだ！

これは元々、アメリカの西部開拓時代に使用されていた伝統的な調理道具らしい。

ダッチオーブンがあれば焼く、煮る、蒸す、燻す、揚げるなどの調理がこれ一つでできてしまう。

更に蓋の上に炭を置くことにより、オーブンのように食材の上からも加熱することが可能だ。また、蓋が重く密閉性が高いため食材から出た蒸気を逃しにくく、圧力鍋のように旨味をギュッと閉じ込められるのも特徴の一つだ。

鋳鉄製、ステンレス製、黒皮鉄板製などいろいろな種類があるが、俺は鋳鉄製を選択した。蓄熱性と保温性に優れているのと、使えば使うほど、色合いがより艶やかな黒色に成長していくのがたまらないんだよな。

いいやつは値段もそこそこ高く、重量があって持ち運びが不便。加えて手入れが必要なため、元の世界では購入に踏み切れなかった。

しかし、せっかく異世界に来てある程度お金も得られるようになった。しかも、ストアの能力で購入した物は、収納しておけることもあり、購入に踏み切ったのだ。

午後はこれでのんびりと料理でも作るとしよう。

まずは簡単な物から。みんなに手伝ってもらって河原で小さくて丸い石を集め、それをダッチオーブンの中に入れて弱火で加熱する。

たまに石をかき混ぜて石全体に熱が通ったら、街で買ってきた芋を中に入れて弱火にかけてじっくり熱を通す。しばらくしたら火から遠ざけ、余熱が入るのを待つ。

そうして、石焼き芋ができた。

みんなを呼んできて、いざ実食！

「素晴らしい、こんなにも甘さが引き出されるなんて……！」

「ホクホクしていて、とっても美味しいです！」

「う～む、この芋の味がそもそもよいのか、石焼きによって旨味が引き出されているのか……まあどっちもなんだろうな」

芋は異世界産の甘味が強そうな芋を使ってみたのだが、正解だったな。

ソニアもサリアも目を輝かせて石焼き芋を頰ばっているのを見るに、ダッチオーブンがその旨味を最大限に引き出してくれたんだろう。

「あとはバターを付けるともっと美味いんだよな。ほら、みんなも試してみてくれ」

そう言いつつ熱々の芋に一欠片バターを載せると、芋の熱でゆっくりと溶けていく。

バターの塩味が焼き芋の甘さと調和して、あまじょっぱい！　止まらない！

「うわっ、これは癖になりますね！」

「うむ、この白い物を付けると、より一層美味くなるな」

イドとウドも満足してくれているようだ。

石と芋を突っ込んで熱するだけで、こんなに美味くなるのだから驚きだ。

火加減も適当で、待っている間は漫画を読んだり、トランプで遊んでいただけだからな。

さて、なんとなく使い方がわかってきたところで、夕飯の調理を始めるか。

「「「おおおお～!!」」」

ダッチオーブンの蓋を開けると、大きな鳥が丸ごと一羽現れた。その周りにはざっくりと切ったじゃがいも、にんじん、タマネギが敷き詰められていて、香辛料のいい香りが鼻孔をくすぐる。

「豪快な料理ですね、大きな鳥が丸々入っています！」

「それにすごくいい香りです！」

ソニアとサリアが興奮気味にそう口にした。

この豪快な見た目も、この料理の特徴である。

今日の晩ご飯は、ローストチキンだ。

やはり、ダッチオーブンといえばこの豪快なローストチキンだよなぁ！

作り方はこれまた簡単。市場で購入した毛をむしられ、内臓を抜かれた鳥。それに塩とニンニクをすり込み、胡椒を振ってクーラーボックスでしばらく寝かせておく。

その間に野菜をざっくり三、四等分に切り分ける。寝かせた鳥の腹の中に野菜の一部とローズマリーやハーブなどの香草を詰め、紐で足を縛って中身が出ないようにする。

鳥をダッチオーブンの真ん中に置き、その周りに残った野菜と香草を敷き詰め、最後にオリーブオイルをざっと回しかけ、火にかけて一時間から一時間半ほどじっくりと弱火で焼く。

そのあとは、火から離して余熱で三十分ほど熱を通せば完成だ。

「うん、外の皮はパリッとしているのに、中の肉は柔らかくてジューシーだ。初めて作った割には上手くできたな」

「うわっ、お肉がとっても柔らかいです！」

「お肉だけじゃありません！　野菜も口の中で解れます！　しかも鳥の旨味が染み込んでいて……頬っぺた落ちちゃいそうです……」

ダッチオーブンでじっくりと時間をかけて焼いたお陰で、鳥も野菜も極限まで柔らかくなっている。

サリアとソニアは饒舌に語りながら、美味しそうにローストチキンを頬張っている。

一匹では少し足りなかったかもな。

「美味しい！　こんなに味が染みたお肉は初めて食べました」

「この冷たいビールという酒にもよく合う」

イドとウドも嬉しそうだ。

「そうだな、やっぱりこいつにはビールが一番だ。あとはこっちのハイボールも合うぞ。ほいっ」

「ああ、いただこう」

最初のころはイドもウドも遠慮しがちで、料理にも酒にも恐る恐る手を出している感じだったが、段々普通に食べたり飲んだりしてくれるようになった。

俺としては自分の作った料理を遠慮なく美味しそうに食べてくれる今のほうが断然よい。

「ユウスケ、おかわりをお願いします。お肉多めで！」

「…………」

そういえば、ソニアだけは最初から全く遠慮がなかった。まあ、ウドやイドもソニアみたいにとは言わないが、もっと遠慮なく言いたいことを言えるようになれればいいな。

それにしても……やはり新しいキャンプギアを手に入れるとテンションが上がってしまう。これからもたまには自分へのご褒美として買おう。

◆　◇　◆

今日から、キャンプ場をオープンしてから三週間目。

昨日ゆっくり休んだお陰でだいぶリフレッシュできた。やっぱり休みは大事である。

もう一人か二人くらい従業員を増やせれば、一人ずつ交代で週にもう一日ずつは休みを取れそうだ。教えるのにもリソースを割かれるし、それぞれに気を配れなくなってもよくないから、もう少し落ち着いたら考えるとしよう。

「いらっしゃいませ、ようこそイーストビレッジキャンプ場へ」

「おお、ユウスケ殿。また遊びに来させてもらったぞ」

「オブリさん、いらっしゃいませ。今日も大勢で来ていただき、ありがとうございます」

お昼過ぎ、エルフ村の村長であるオブリさんが、エルフを何人か連れてキャンプ場に来てくれた。

今日はサリアの両親や友達ではなく、初めて見る人たちだ。

「先週は村での作物(さくもつ)の収穫が忙しくてのう。今週からはまた毎週、数日ずつ寄らせてもらうわい」

「ありがとうございます、でも無理はしないでくださいね」

「なあに、時間にもお金にも余裕があるから大丈夫じゃて」

ドワーフの大親方たちと一緒で、オブリさんもだいぶお金を持っていそうだな。

「あ、そうだ。今日の夜、ちょっとお時間はありますか？　実は今度このキャンプ場で野菜でも育ててみようかなと思っているんですよ。いろいろと教えてください」

ウドとイドが来てくれて余裕が出てきたから、キャンプ場の端っこで野菜でも育ててみようかと思っている。自分たちで育てた野菜を採ってすぐに食べるなんて、贅沢じゃないか。

元の世界で野菜は育てたことがない。故に、専門家のオブリさんに詳しい話を聞こうと思っていたんだ。魔法を使った農法にも興味があるし。

「もちろん構わんぞ。それでは夜まではまた訓練場を貸してもらうかのう」

キャンプ場の中の物は結界によって壊れない。その特性を活かして、攻撃をぶっ放せる訓練場を作ったんだよな。オブリさんはそれを目当てによく来てくれるのだ。

「はい、ありがとうございます。それでは夜にまたお願いしますね」


そして、その日の夜。

俺はサリアとともにオブリさんの元を訪れた。

「オブリさん、お待たせしました」

「村長、家族の話を聞きたくて、私も来てしまいました。お父さんとお母さんは元気ですか？」

「おお、待っておったぞ。うむ、サリアも元気そうじゃな。アルベもカテナも元気じゃぞ。さあ何はともあれ、まずは飲もうではないか」

既にオブリさんたちはワインを嗜（たしな）んでいるようだ。

せっかくなので、俺もサリアもワインをいただくことにした。

ストアで買った、それほど高くない銘柄のワインだが、異世界の苦味が強いワインより全然飲みやすい。そしてこのワインが、チーズ料理によく合うんだよな。

「ワインもいいですね。あ、チーズ料理を少し持ってきたのでみんなで食べましょう」

俺はそう言って、机の上に料理を並べる。

そして、それに手を付けたエルフ村の住民が、感激したように声を上げた。

「ユウスケさん、ここの料理もお酒も本当に美味しいですね！　村長に話を聞いた時は、本当に街から外れた場所で美味しい物が味わえるのかと半信半疑でしたが、最高です！」

「ありがとうございます」

好評で何よりだ。

それにしても……やっぱり今日来たエルフの人も美形だ。

どうやらこの世界のエルフは全員美男美女（びなんびじょ）のチート種族らしい。

ちょっぴりひがんでいると、別のエルフが言う。

「それにこの結界はすごかった。魔法を撃ち合って訓練ができるなんて思ってもいなかったぜ。しかも、まさか村長の極大魔法ですら打ち消されるとは恐れ入ったよ。魔法でもないようだし、一体どういう仕組みなんだ？」

「詳しいことは俺にもよくわからないんですよね。いきなりこんなにすごい能力が使えるようになって、最初は俺自身も驚きました」

まさかいきなり神様にこんな能力をもらえたとは言えないから、こう言うしかないんだよな。

「そういえば、ユウスケ殿は畑のことについて聞きたいんじゃったかのう？」

オブリさんがよいタイミングで話題を変えてくれた。

俺は頷く。

「はい、野菜を育てたことがないので、いろいろと教えてください」

「任せておくがよい」

オブリさんをはじめとしたエルフたちの話を纏めると、次のような感じだ。

エルフ村では野菜を中心に作物を育てている。植物の成長を促進させるような魔法はないらしいのだが、作物を収穫したあとに土を休ませる魔法はある。

そして、収穫や畑を耕す際には風魔法や土魔法を使い、雨が少ない時期などは水魔法を使うらしい。

俺は農業については詳しくないが、確か何度か同じ畑で農作物を育てたら、少しその畑を休ませたり、別の物を育てたりしなければならなかったはずだ。

作業も魔法で簡略化できるなんて、魅力的だな。さすがファンタジーの世界である。

そんな風に感心していると、オブリさんが言う。

「それに、前にユウスケ殿に渡した魔導具と同じ物が村にもあってのぉ。魔物や動物に畑が荒らされることがない。小さい鳥からは魔法で動くカカシが農作物を守ってくれるのじゃ」

「やっぱり魔法ってすごいですね」

俺が驚いている横で、サリアがしょんぼりする。

「すみません、私があんまり魔法を使えなくて……」

「いやいや、サリアの水魔法があるお陰で水不足にはならない。それにすぐ火を起こせるってのは相当すごいことだ。ものすごく助かっているから！」

エルフの中では落ちこぼれの部類らしいが、サリアの水魔法と火魔法があるお陰でキャンプ場の水がまかなえているし、お風呂にも入れる。何より、サリアが作る氷はみんなが驚いてくれているのだ。この世界では冷たい飲み物は貴重らしいから。もっと自信を持ってくれたらいいのに。

それに、雨が少ない時期でも作物の水不足を防げるからかなり助かるはずだ。

「皆さん、いろいろとお話を聞かせてくださり、ありがとうございます。参考になりました。試しにいくつか野菜を育ててみようと思います」

とりあえず、最初は簡単なジャガイモやタマネギ、ナスあたりを育ててみよう。

慣れてきたら、異世界の野菜を育ててみるのもありかもな。

「うむ、このあたりは土壌も豊かで、川の水も綺麗じゃから、作物もよく育つじゃろ」

「そんなことまでわかるのですか。もしかして魔法とかを使って調べられたんですか？」

農業をする人ならそれも見ればわかるのだろうか。それともそういったことがわかる魔法があるのだろうか。

そう思って聞いたのだが、オブリさんは予想外の答えを返してくる。

「いや、そういうわけではないんじゃ。……まあユウスケ殿には教えても問題ないじゃろう。実は儂は精霊と話すことができるのじゃ。ユウスケ殿は精霊を知っておるかな？」

精霊？　どこかで聞いたことがあった気がするな。どこで聞いたんだっけ？

「ええ～と、存在しているってことは知っているのですが、詳しく知っているかと言われると……」

「精霊とはこの世界の様々な物を司っておる存在。儂は昔から精霊が見える上に話すことができるのじゃ。精霊は、いろいろなことを教えてくれる。で、このあたりには土の精霊や水の精霊が多くおる。精霊が多くおるのは土や水が豊かな証拠じゃ。逆に荒れた地に精霊は全く寄ってこんからのう」

「そうなんですね。今ここにもその精霊はいるんですか？」

「ああ。現に今もユウスケ殿の膝の上には土の精霊が座っておるぞ。それにこの焚き火の側には火の精霊が集まってきておる」

自分の膝の上を見てみるが、俺には何も見えないし、重さも感じない。

……ん、ちょっと待てよ？

「オブリさん、もしかして水の精霊が見えるって言いました？」

「ん？　そうじゃな、水の精霊ならここにもおるぞ」

そうだ、思い出した！

精霊、確かこのキャンプ場を作っている最中に、精霊についてダルガから聞いたんだ。

ダルガ曰く、極稀に精霊に愛された者がおり、その者には精霊の姿が見えるらしい。

そして、水精霊は温泉がどこから湧くのかを知っている。

だが、長らく生きてきたソニアすら、精霊を見ることができる者に出会ったのは数えるほどだったはず。

彼らは聖女、部族の王など、どの人たちも歴史に名を刻むような者たちばかりだった。少なくとも気楽に、『この辺に温泉脈とかないっすか？』なんて聞けるような立場ではないらしい。

そう聞いて、温泉を探すことは諦めていた。

「……オブリさん、一つお願いがあります。このキャンプ場周辺で温泉が出る場所はないか、水の精霊に聞いてもらえませんか？」

「ふむ、温泉？　確か地中深くから湧き出る熱い湯じゃったか？」

「はい、そうです！　もしこの近くから温泉が湧けば、このキャンプ場にも天然の大浴場が作れるんですよ！」

このキャンプ場近くに源泉掛け流しの温泉を作れるかも、と考えるとワクワクするな。

掛け流しの仕組みは実に簡単で、湯船に高温の温泉の源泉を少しずつ入れて、溢れた水を排水するだけだ。それだけで、お湯の温度を高く保つことができるんだとか。

「そ、そうなんじゃな。ちょっと待っておれ」

おっと、いかん。だいぶ食い気味に話してしまっていた。

オブリさんはある一点の場所をじっと見つめている。俺には何も見えないが、あそこには水の精霊がいるようだ。そして声を出していないのを見るに、精霊とは声に出して言葉を交わすのではなく、テレパシーのように念話で会話をするのかもしれないな。

五分ほど一言も喋らずにじっと一点を見つめていたオブリさんが、こちらを向く。

「ふむ、どうやらこのあたり一帯ならば、どこでも地面を深く掘ると熱い湯が出るらしいぞ」

「…………へ？」

大雑把に分けて温泉には二つの種類がある。火山性温泉とそれ以外の非火山性温泉だ。

火山性温泉とはその名の通り、火山の近くの地中に染み込んだ雨水が、マグマから出る高温の水や水蒸気やガスとまざり、熱湯となった物だ。そしてそれが地中で溜まって水脈となり、地表に出てくる。箱根温泉や別府温泉などがその代表例だな。

一方非火山性温泉とは、火山のない場所から出てくる温泉である。実は地面を深く掘れば掘るほど、地中の温度は高くなっていく。地下千五百メートルほどになると、その温度は六十度にもなるらしい。そこに水脈があれば、その水を吸い上げるだけで温泉ができてしまうというわけだ。

このキャンプ場を作る際に、この近くに火山がないことは調べたので、この一帯に温泉があるとすれば非火山性温泉ということになる。

「このあたり一帯ということは、例えばここを掘っても温泉が出るということですか？」

「そうらしいのう。この付近数十キロメートル圏内の地下には大きな水が溜まる場所があるようじゃ。じゃが、かなり深くまで掘らないと駄目なようじゃな」

「オブリさんなら魔法でそこまで掘ることは可能なんですか？」

「そうじゃな。時間をかければ可能じゃと思うぞ」

うおおおお！　マジか、一気に大浴場作りが現実的になってきたぞ！

温泉を作るうえで一番の難点はその費用である。

なんと、一キロメートルを掘る掘削作業だけでも一億円の資金が必要なのだ。千五百メートル以上になれば下手をすれば二億円以上かかってしまう。それに加えて、温泉を汲み上げるポンプや温泉設備まで必要となれば、いくら必要になるか見当もつかない。

俺がこんなに温泉のことについて詳しいのは、元の世界で自分のキャンプ場を持ちたいと考えるようになってからいろいろと調べたからだ。キャンプ場に併設する形で温泉を作れたら最高だと思っていた。しかしその甘い考えは、かかる費用を知って一秒で打ち砕かれたがな。

しかし、この異世界では魔法を使えば、費用をほとんど使わずに温泉を掘ることができるかもしれない。

だが、落ち着け。それ以外にも考えなければならないことは山ほどある。

「オブリさん、いろいろと教えていただいて本当にありがとうございます。明日も泊まっていかれるんですよね？　でしたら温泉についてはまた明日、相談させていただけませんか？」

「うむ、構わんぞ」

「それじゃあ俺は先に戻るな。サリアはゆっくりしていってくれ。あと、こっちの料理は皆さんで食べてくださいね」

俺が早口でそう口にすると、サリアとオブリさんが呆然と頷く。

「え、あ、はい」

「あ、ああ。ありがたくいただくよ」

「それでは失礼します」

管理棟の前まで行き、ソニアに声をかける。

「ソニア、今話できないか!?」

「そんなに焦ってどうしたのですか？　何か問題でも起きましたか！」

「あ、いや。そういうわけじゃないんだが、いろいろと教えてほしいことがあるんだ！」

「急ぎでないのでしたら、明日では駄目でしょうか？　今この漫画がとてもいいところなのです」

「…………………」

相変わらずソニアは、定位置のアウトドアチェアに座りながら漫画を読んでいた。

「……今度ケーキ以外の新しい甘い菓子をストアで購入してやるから、話を聞いてくれ」

「約束ですからね！　さあ、なんでしょう！　なんでも聞いてください！」

うむ、その手の平返しが、今はとてもありがたい。

ソニアに聞こうと思っているのは、この世界で温泉施設がどのような扱いになっているのか、だ。

日本ではそもそも温泉を掘ること自体に申請が必要だったし、温泉法という法律でいろいろ規定されていたはず。ソニアが知らなければ、商業ギルドのジルベールさんに聞いてみるしかないが、明日オブリさんに話を聞きたいから、ソニアが知っていればそれに越したことはない。

……え、農業？　そいつはちょっと後回しだ!!

第七話　温泉掘削計画

「……というわけで、すまないけど今日のお昼過ぎにソニアが二時間ほど抜ける。本当に急で申し訳ない」

翌日の朝、いつものように営業開始前にみんなで打ち合わせをしている時に、昨日夜遅くまで考えた話を伝える。

昨日の夜にソニアから聞いた話によると、この世界にも火山の近くなどで温泉が出た例があるそうだ。その場所にも元の世界と同じように湯治(とうじ)をしに来たり、ただ温泉に浸かりにに来たりする人はいたそうな。中には国が温泉を管理している、なんてこともあるらしい。

法律については、さすがにソニアも知らなかったため、商業ギルドマスターのジルベールさんの元に確認しに行ってもらうことにした。

ソニアの足なら急げば片道一時間もかからずに街まで行けるそう。

本当に、Aランク冒険者様様である。

「はい、頑張ります！」

「うむ、できる限り力になろう」

「僕も頑張ります！」

正直、ソニアは従業員としても戦力なので抜けるのが痛くはあるが、サリア、ウド、イドはそれぞれそう快諾してくれた。

「助かるよ。でもソニアも含めて、本当に無理はしなくていいからな」

「今度いつものケーキとは別のお菓子を出してくれると聞いたら、行かない理由がありません。頑張ります！」

「そうか。助かるよ」


ありがたいことに、今週は先週よりも多くのお客さんが来てくれていた。

隣町に行く商人や、この付近で依頼を受けた冒険者がお昼を食べにやってきて、そのお客さんが、今度は料理とお酒を楽しみに泊まりがけで来てくれるっていうパターンが多い気がする。

それでもどうにかランチタイムを乗り切り、落ち着いてきたのでソニアを街へ送り出した。

四人では多少忙しくはあったが、それでもたかだか二時間……もかかっていなかったような気すらするが、無事にソニアが戻ってきてくれた。

仕事の合間を縫って話を聞くに、温泉は自分で開拓した場所から出た場合、好きに使用していいそうだ。

ただし、入浴料などをお客さんから取る場合、課税額が増えるらしい。

税金が増える分、キャンプ場の宿泊費を値上げするか、温泉を別料金にするかしなくてはならなくなるだろうが、致し方ない。むしろこの付近には温泉がないので、お客さんも喜んでくれるんじゃないかと楽観視することにしよう。

よし、とりあえず法律的には問題ないことがわかってよかった。

「ダルガ、アーロさん、セオドさん。ちょっとお邪魔しても大丈夫か？」

俺がテントの外から呼びかけると、ダルガの声が返ってくる。

「おお、ユウスケか。大丈夫じゃぞ」

今週もドワーフの大親方たちは休み明けの昨日から来てくれている。……完全にこのキャンプ場のヌシとなりつつあるな。

日が暮れそうになり、晩ご飯の注文も落ち着いたあと、営業はみんなに任せてダルガたちのテントを訪れた。

ダルガたちは週替わりの酒を楽しみつつ、先週作った自作の将棋やリバーシで遊んでいるようだ。

「おお、ユウスケ殿。今週の酒も美味かったのう。それにやはり将棋は、奥が深くて面白いわい」

「どちらも気に入ってもらえてよかったよ、アーロさん。ところで、ちょっと三人にこのキャンプ場の施設について頼みたいことがあるんだ」

「ほう、また何か面白そうなことをしようとしているのか？」

「面白いかはわからないけど、たぶん三人ですらやったことがない仕事じゃないかな。というのも、もしかしたら、このキャンプ場で温泉に入れるようになるかもしれなくてな！」

「温泉というと……自然に湧いて出る湯のことかのう？」

「まさかこの場所に温泉が湧くのか!?」

「詳しく話を聞かせるんじゃ！」

ダルガ、アーロさん、セオドさんの三人も温泉に興味を持ってくれたようだ。

「いや、まだ確定ではないんだ。順を追って話そう。実はな――」

昨日調べてきた温泉掘削計画の概要を説明し終えると、ダルガが顎に手を当てながら言う。

「なるほど、つまり地中深くから湯を引っ張り上げるわけじゃな」

「ああ、ダルガの言う通りだ。オブリさんが土魔法で穴を少しずつ掘ってくれるから、その穴が崩れないように注意しつつ、周りから染み出す泥水を避けながら金属製のパイプを少しずつ地中に埋めていって、温泉を汲み上げるんだ。そのために、高温の温泉に耐えられる、頑丈で壊れないようなパイプが欲しくてな」

「ふむ、地中深くに埋めるわけじゃから、そう簡単にメンテはできんじゃろうし……難度は高そうじゃのう」

セオドさんは唸る。

続いて、アーロさんが質問してくる。

「じゃが、パイプを作るだけじゃと、湯を吸い上げられんじゃろ？　何か仕掛けをする必要があるのか？」

「ああ、それなら大丈夫だ。詳しい説明は省くが、温泉は地上近くまで勝手に湧き上がってくる。そこから、俺が持っている道具で少しだけ吸い上げようかと考えているんだ」

実はこれは、俺も知らなかった。

昨日ストアで温泉掘削の本を購入して、調べてみた結果わかったことである。

地下深くに眠る温泉には、大きな圧力がかかっている。

そこに筒状のパイプを通すと、液体は圧力のかかっていない地上付近まで勝手に上がってくるのだ。そこからストアで購入したポンプで吸い上げればいけるはず。

圧力については、みんなに細かく説明するのは難しいため省略だ。……というか、俺も説明ができるほど化学が得意だったわけじゃない。大学は文系だったしな。

ともあれ、元の世界の本を購入できるということは、元の世界の知識を簡単に得ることができるというわけだ。便利な反面、知識の使い方には気を付けなければならない。

「ふむ、よくわからないが、温泉の吸い上げに関してはユウスケ殿に任せて大丈夫というわけじゃやな」

「ああ、セオドさん。みんなには長くて壊れないパイプの作成と、温泉施設の建設を頼みたい。とはいえ、まずは試しに穴を掘ってみて、温泉の水質を調べてからだけどな。ダルガ、前に管理棟を建ててもらった時に増設ができるって言っていたけれど、大きな浴場とかもアリなのか？」

「おう、可能じゃぞ。管理棟に併設する形で作れるわい」

「おお、そしたらそれで頼む。あとは従業員の部屋も増やしたい」

今管理棟にある従業員用の部屋は二人部屋が二つで、既に埋まってしまっている。もしも温泉が出たとしたら、浴槽の掃除やタオルの洗濯など、仕事が増えるから、更に従業員の仕事が増えることになる。あと一人か二人くらい従業員を雇うことになるだろう。

するとアーロさんが手を挙げる。

「じゃあ儂は管理棟の増設をやろう。今の管理棟の図面はあるかのう？」

「待て、アーロ。管理棟は前に建てた儂のほうが勝手がわかっている。早速設計図を描くか。ユウスケ、紙とペンを頼む」

「ちょっと待てダルガ、前回建てたのなら、今回は遠慮すべきじゃろうて！」

そんな風に揉めるダルガとアーロさんを後目に、セオドさんがしれっと言う。

「それじゃあパイプは儂がやろう。なあに、金属の加工ならうちのセオド工房が一番じゃからな。ユウスケ殿の満足のいく物を作ってみせよう！」

「「なんじゃと!?　抜け駆けじゃ！」」

……しまった、引退したとはいえ、街で有名な工房の親方だった三人に仕事を依頼するとこうなるのか。普段は仲がよくても、仕事ではライバルになるもんな。

「喧嘩しないでくれ。パイプといってもかなりの長さになるし、管理棟の増設も結構大変だろうから、三人全員にお願いしたいんだ」

「……ふむ、ここで争っても仕方がないか」

「そうじゃな。これもここで温泉に入るためじゃ」

「うむ、それで文句はないわい」

どうやらダルガ、アーロさん、セオドさんの三人とも、納得してくれたみたいだ。

「ふう、よかった。だけどこの計画にも、一つだけ大きな問題があるんだ……」

三人の大親方たちがこちらを見つめる。そう、温泉の掘削計画はこれで問題ないはずだ。

しかし、この計画には唯一にして最大の問題がある。

「お金が足りないんだ……」

そう、この温泉計画の唯一にして最大の問題、それは資金である。

このキャンプ場の営業を始めてから今日で二週間と二日。泊まりでのお客さんも来てくれるようになって、従業員の給料を払っても金貨五十枚以上の金が手元にある。

温泉や管理棟の増設に使う資材は、以前に管理棟を建てた時と同じで、キャンプ場付近の木を切り倒して使う。

俺が新たに購入する物は、温泉を汲み上げるポンプと、浴室に設置する電灯と、電力が足りなかった場合のソーラーパネルくらいだ。それについては十分に今ある金でまかなえる。

だが、金属製のパイプの料金は、足が出てしまう。

すさまじい勢いで温泉を汲み上げるわけではないため、パイプの直径はそれほど大きくなくとも大丈夫な気はする。だが、長さはかなりの物になるだろう。

仮に一メートル五千円かかる前提で計算しても、一キロメートルで五百万円。異世界での金属の相場は知らないが、一メートルあたり一万円以上かかっても不思議ではない。

温泉用のパイプは、さすがにストアでは購入できなかった。故に相場に関しても想像でしかない。仮に売っていたとしても五十万円でどうにかできるわけではなかったと思うが。

「……というわけなんだが、これくらいの直径の金属製のパイプを一キロメートルくらいだと金貨何枚になる？」

「う〜む、そこそこ丈夫な金属を使うならば、金貨五百から千枚っちゅうところかのう」

「やっぱりそれくらいはかかるよなあ……」

「なんじゃ、それくらいならば別に払わんでもええぞ」

「そうじゃな。いつも美味い酒や飯を安くご馳走になっているからのう。ここの酒や飯ならば、倍以上払ってもいいと思っておる」

「それに、ここで温泉に入れるようになるんじゃろ。それなら儂らのためにもなるからのう」

……金を持っているダルガやアーロさんやセオドさんならそう言ってくれるかも、と少し思っていた。しかし、その申し出は受け入れたくない。

管理棟を建ててもらった時は、山にある木やストアで購入した釘やガラスの窓を使ったわけで、ダルガが金を使うことはなかった。

しかし、今回パイプの費用を払ってもらうとなれば、その分は完全に大親方たちのマイナスとなる。大親方たちとは、対等な関係性でいたいのだ。

「そう言ってくれる気持ちはとてもありがたいんだが、さすがに今回は金額が高過ぎる。みんなにとってはそれほど大きな額ではないかもしれないけど、俺にとってはものすごい大金だ。それを一方的に受け取って負い目を感じながら付き合いたくない。だけど、可能な限り早く温泉施設は作りたい。だから……俺に金を貸してくれないか！」

俺は勢いよく頭を下げた。

正直大金を借りるのだって、やりたくはない。

しかし、それでもキャンプ場の経営が軌道に乗り始めた今、温泉で更にここの価値を上げておきたい。

それで人気を獲得すれば、みんなにも還元できるはず……なんて、結局俺のわがままでしかない気もするが。

「ふむ、別に返さなくてもいいんじゃがな」

「まああユウスケ殿にとって、譲れないことなんじゃろ」

「まあええ、金は貸すことにするわい」

ダルガもアーロさんもセオドさんも、躊躇うことなく俺に金を貸すことを了承してくれた。

「ありがとう。本当に助かる。まず明日の朝にオブリさんに頼んで、本当に温泉が湧くか試してみるつもりだ。そもそもそれで出なければ、諦める他なくなるわけだしな」

「じゃが、それさえ問題なければ、すぐにでも始められるわけじゃろ。先に設計図くらいは描いておこうかのう」

セオドさんはそう言ってくれる。

アーロさんも頷く。

「そうじゃな。ユウスケ殿、温泉施設を建てるのに何が必要か今のうちに教えてくれ。それと管理棟の図面があれば見せてほしいのう」

「ああ。一度オブリさんに明日のことを話してから、すぐに図面を持って戻ってくるよ。温泉施設にはこだわりたいしな」

「うむ、楽しくなってきおったわ！」

「思えばダルガやセオドとともに何かを作るのは初めてじゃな。こりゃ腕が鳴るわい！」

「現役時代は商売敵同士じゃったからな。楽しみだ！」

ダルガ、アーロさん、セオドさんは口々にそう言う。

「むしろユウスケ殿には感謝せねばなるまいな。どれ、儂の腕が一番よいところを見せつけてやるとしよう」

「ぬかせ、アーロ！　儂の腕こそ一番だ！」

「よう言うわい、ダルガ！　儂が一番じゃ！」

競い合うライバルというのは、いいな。

◆　◇　◆

翌日。ここには俺とソニア、オブリさんがいる。キャンプ場での朝食の時間は終わったので、あとは昼まで少しだけ仕事が落ち着く。その間の仕事はサリアとウドとイドにお願いして少しの間抜けてきた。

ソニアも同じ土魔法の使い手として、オブリさんの魔法が見てみたいようだったので、ついてきたような形だ。

「それではここでいいんじゃな」

「はい、お願いします」

掘る場所については昨日大親方たちと話し合い、ここを温泉の建設予定地にした。以前にソニアに掘ってもらった、トイレの汚水や下水の流れる穴に合流してしまわないかはちゃんと確認している。

「ではいくぞ。……むん！」

オブリさんが両手を地面に付けて土魔法を発動させる。するとオブリさんの目の前にポッカリと十センチメートルほどの小さな穴が現れる。

まだ現時点での穴の深さは百メートル程度だが、一キロメートル以上掘る予定らしい。

ちなみに穴はこれまたオブリさんが土魔法で補強してあるため、崩れない。

だがこの効果は永続的ではないため、ダルガたちにパイプを作ってもらう必要があるんだよな。

「ここから更に掘るんですよね……私は二、三百メートルが限界ですよ」

ソニアが驚愕したようにそう言うと、オブリさんは笑みを浮かべる。

「なあに、それでも十分過ぎるほどじゃて。儂の場合は精霊の力も少し借りることができるからのう」

それにしたって相当だろう。

……本当にオブリさんは何者なんだ？

それからもオブリさんは穴を掘り進め――

「ふむ、ちょっと休憩じゃ。だいたいじゃが、これで五百メートル近くは掘れたかのう」

おお、穴を掘り始めてからまだ十五分も経っていないのに、もうそんなに掘れたのか。

俺は質問する。

「すごいですね。硬い岩盤とかはなかったんですか？」

「多少はあったのう。時間がかかっているのはそのせいじゃな。それと深くなればなるほど、集中せねばならんから更に難しくはなってしまうが、よいか？」

……マジか、硬い岩盤があってもこれなのか。管理棟を建ててもらった時にも思ったが、この世界の魔法はチート過ぎるだろ。元の世界でこれができたら建設会社は全部潰れるな。

そう戦慄しつつも、俺は「十分過ぎるくらいに早いですよ。お願いします」と答えた。

オブリさんは背筋を伸ばしつつ言う。

「よし、それでは続きを始めるとしよう」


「……む！　どうやらあと僅かで大きな湯だまりにぶつかりそうじゃぞ！」

穴を掘り始めてから約一時間後、ついに温泉脈に辿り着いたようだ。

そろそろお昼時。忙しくなる前に、先にソニアだけでも戻ってもらおうと思った矢先だった。

「了解です！　いざという時は即座に埋めてしまってください！」

深い地中からの圧力により地表の近くにまで熱湯が上がってくる。最初は地中深くから勢いよく上ってくる影響で熱湯が噴き上がる可能性が高い。よくテレビや漫画とかで見かける、温泉や石油を掘り当てた時に噴き上がるあれだ。その瞬間だけは危険だから離れなければならない。

そのあと少しすると勢いは落ち着き、地上から約百メートルのところで止まるはずだ。それをポンプで吸い上げて温泉の源泉として使う予定だ。

そしてもう一つ気を付けなければならないのが有毒なガスや液体である。温泉によっては二酸化硫黄や硫化水素など、有害な物質が多く含まれている場合がある。

ただ、有害な物質が多く含まれているのは主に火山性温泉だから、今回は大丈夫なはずだ。とはいえ、ここは異世界だからな、元の世界の常識が当てはまるかわからない。

ちなみに、有害物質があるかないかは水の精霊さんが教えてくれるらしい。……精霊さんマジぱねえっす。

「ではいくぞ！」

「はい、お願いします」

俺とソニアはオブリさんが掘ってくれた穴から離れる。

念のため以前購入した雨の日用の傘を用意した。

オブリさんは魔法で防御するから大丈夫らしい。

プシャアアアアア!!

地面が少しだけ揺れ、オブリさんが掘った穴から熱湯が噴き上がった。

「熱っ！　おお、ちゃんと熱湯だ！」

結構離れていたのだが、飛沫（しぶき）がここまで飛んできた。そして、それはちゃんと熱い。

「ふむ、水の精霊が言うには人体に害はないそうじゃ。それと儂にはよくわからんが、疲労回復、筋肉痛、肩こり、火傷（やけど）、腰痛によく効いて、更に美肌効果もあると言っておる」

「そこまでわかるのかよ！」

水の精霊すげえな!?

実は温泉の精霊なんじゃないか？　そこまでわかるって温泉通過ぎるもの。

あっ、忘れずにメモしておかないと。まさか温泉の効能までわかるとは思っていなかった。元の

世界の温泉のように、ちゃんと効能も入り口に書いておきたい。

「少なくとも人体に害がないのは助かりましたね。お湯の温度も高いから十分に掛け流しで使えそうです」

ソニアの言葉に頷く。

「ああ。本当に地面からお湯が噴き出してくるとは……驚いたよ」

「確かにこれはすごいわい。こんなに地中深くに湯があるとはのう」

「オブリさん、どれくらい深くまで掘ったのかわかります？」

「だいたい千三百から千四百メートルといったところじゃな」

「なるほど、ありがとうございます」

う〜んだいぶ深いな。これだとパイプは相当な金額になってしまいそうだ。少なくともこれで俺が借金をすることは確定となった。今後はお金を稼ぐことも考えていかないといけないいな。

「それではまた三日後に来るぞ」

「ああダルガ、よろしく頼む」

オブリさんと行った温泉の実験結果をダルガたちに伝えた。

あまり太くはないとはいえ、千三百から千四百メートルもの長さのパイプを用意するのにどれくらいの期間がかかるのかと聞いたところ、たったの三日でできる、とのこと。

……いくら三人で分担するとはいえ、さすがに三日で用意できるとは思わなかったぞ。話を詳しく聞いていくと、大親方の権限でいろんな工房に声をかけて手伝ってもらうらしい。

そして、キャンプ場には身体強化魔法を使える元弟子たちが残ってくれた。三日後までに管理棟の増設分に使う木材を準備してくれるようだ。


「それでは儂らも一度帰るからのう。三日後にまた来るわい」

「はい、わざわざ休みの日に来てもらってすみません」

「温泉の完成を楽しみにしていますよ」

「ええ、ぜひまたよろしくお願いします」

オブリさんとエルフのみんなも今日エルフ村に帰る。オブリさんには本当に申し訳ないが、三日後にもう一度来てもらうことになった。

あのあと十分ほどすると、熱湯の噴出は収まった。ストアで購入した電動のポンプを動かしてみたが、問題なく地下から温泉を汲み上げることができた。

三日後にパイプが用意でき次第、今ある細い穴をオブリさんに拡張してもらいながらパイプを地下に通していくことになるだろう。

オブリさんには本当にお世話になった。そもそもオブリさんがいなければ温泉の存在に気付くことも、穴を掘ることもできなかったし。今度何かお礼しないといけないな。

◆　◇　◆

ピンポーン！

「次は俺の番か。ウド、そっちの料理を頼む」

「了解した」

ドワーフのみんなが街に戻り、オブリさんがエルフ村に戻ってから二日が経過した。

今日は四組ものお客さんが泊まってくれている。

やはり少しずつだが、お客さんは増えてきているようだ。

イドは昨日だけは体調が悪くて休んでいたが、それ以外は毎日働いてくれている。

これでも以前までが嘘のように体調がいいらしい。

ウドは今週から一人で接客している。元々いろんな店で働いていた経験があったようで、接客自体は慣れていたんだとか。

幸い、亜人がどうと言ってくるお客さんも今のところはいないし、よかった。

「いらっしゃいませ、ようこそイーストビレッジキャンプ場へ」

「ユウスケさん、お久しぶりです」

「……ああ、いらっしゃい」

反射的に少し身構えてしまう。というのも、目の前にいる冒険者、ゴートはソニアの元パーティメンバーで、以前にこのキャンプ場で剣を抜いて、騒ぎを起こした張本人だからな。

彼らのパーティが揃ってキャンプ場を訪れた。

あの時は騙されていたとはいえ、殺気を向けられた。もう大丈夫とわかっていても身構えてしまうのは仕方あるまい。念のため、結界の外には絶対に出ないようにしよう。

「あの時は、本当にすみませんでした！　俺たちを騙そうとした男について報告しに来ました」

どうやら、このキャンプ場にちょっかいを出そうとしていた相手について何かわかったらしい。

「それはありがたい。とりあえず中に入ってくれ。今はちょうど昼も過ぎてお客も少し落ち着いたところだから、ソニアと一緒に話を聞きに行くよ」

「はい！」


「すみません、結論から言いますと、その男を捕らえることはできませんでした」

ゴートたちは、街へ戻ってすぐに冒険者ギルドに依頼を出し、その男の情報を集めてくれたらしい。その男と出会った酒場でも聞き取りをして、足取りを追っていたんだとか。

しかし、その男の足取りは隣の町で途絶えてしまったようだ。逆に言うと、監視カメラとかもないこの世界でよく隣街に行ったことを突き止められた物だよ。

「すまない。今も引き続き情報を集めているが、これ以上得られる物はないかもしれない」

既に数週間が経過している。確かにこれ以上新しい情報が出てくるかは怪しいところであるな。

俺は頷く。

「なるほど、話はわかった。確かにこれ以上調査しても無駄になりそうだな。もう依頼はキャンセルでいい」

「あの、ユウスケさん、ごめんなさい」

俺は首を横に振る。

「いや、むしろありがとう、シャロア。この似顔絵を使って、お客さんに聞くことだってできるわけだし。わざわざ似顔絵描きの人に描いてもらったんだってな。助かるよ」

目の前にある一枚の紙にはその男の人相書が描かれている。中々精巧なので、これがあれば実際にその男に会ったことのない俺たちでも、キャンプ場に来たら一目でわかる。

「よし、それじゃあこの話は終わりだ。三人とも今日は一泊していったらどうだ？　この前はご飯や酒を心から楽しめなかっただろ。せっかくだし、ゆっくりしていってくれ」

「ええ、おすすめのご飯やお酒が山ほどありますよ。ぜひ皆さんで楽しんでいってください」

俺とソニアがそう口にすると、ゴート、モーガイ、シャロアが顔を綻ばせる。

「ああ、ありがとう！」

「この前飲んだ冷えた酒は本当に美味かったから、楽しみにしていたんだ！」

「あの甘辛いタレのお料理も美味しかったなあ。本当に楽しみ！」

三人とも本当に許されたのか、心配だったのかもしれない。

謎の男の行方はわからなかったようだが、この人相書があるだけでもありがたい。

さすがに直接このキャンプ場に来ることはないと思うが、サリアやウドにも見てもらって、引き続き警戒を続けるとしよう。


次の日の朝、俺とソニアは街へ帰るゴートたちを見送りに来ていた。

三人ともキャンプを十分満喫していたようだが、特にゴートとモーガイはビールが気に入ったらしく、キャンプ場で買える限度の五本を全てビールに費やしていた。

もらった人相書はキャンプ場の管理棟内に貼っておく予定だ。この謎の男がキャンプ場のお客さんに何かちょっかいを出してくる可能性もある。『この顔にピンと来たら』的な感じで、情報も募るようにしておこう。

そう考えていると、ゴートが言う。

「今、新しいパーティメンバーを街で募集しているんだ。ソニアよりも強い冒険者は見つからないと思うけど、俺たちも前に進んでいこうと思う。ソニアは当分の間冒険者に戻るつもりはなさそうだしな」

「そうですね、少なくともここにある漫画を読み尽くすまでは、お世話になるつもりです」

……それは下手したら、一生かかりそうだ。

とりあえず、三人は冒険者パーティにまだソニアを連れ戻そうとしているわけではないようなので少しだけほっとした。

「でも、いいなあ。この前食べさせてくれたタルトっていうお菓子は、従業員だけが食べられるんでしょう？」

「ああ、さすがに普通のお客さんには出さないな」

シャロアも甘い物が好きらしく、前と同じフルーツタルトを頼まれたのだが、お断りした。さすがにお客とはいえ、なんでもかんでも出していたら、キリがないからな。

「ソニアが羨ましいなあ……まだここの従業員って募集してる？」

「「「いやいやいや！」」」

俺とゴートとモーガイの声がハモった。

「今は従業員の募集はしてないよ」

これは嘘である。正直なところ従業員はあと一人か二人は欲しいところだが、さすがにシャロアを雇うわけにはいかない。

シャロアは高校生か大学生くらいの可愛らしい人族の女の子で、明るい性格。接客の仕事をさせたら間違いなく人気は出るから、雇いたくはある。

しかし、ソニアに続いてシャロアまでパーティから引き抜いたら、今度こそゴートとモーガイに刺されてしまう。

……というか、俺が二人の立場だったら間違いなく刺す！

「そっか残念……まあ半分は冗談だから安心して！」

「「「…………」」」

半分は本気だったらしく、全く安心できない。甘い物が好きな女の子の気持ちをなめていたようだ。

ゴートは気を取り直すように咳払いして、口を開く。

「それではユウスケさん、お世話になりました」

続けて、モーガイも言う。

「あの冷えた酒は本当に美味かった。絶対にまた飲みに来る」

「ああ、ぜひまた来てくれ」

俺がそう答える横ではシャロアとソニアが別れの挨拶をしていた。

「ソニア、また来るね！」

「ええ、シャロア。ぜひまた来てくださいね」

こうしてゴートたちは街へと戻っていった。

◆　◇　◆

「すごい荷物だ……」

三日後。昨日泊まった全てのお客さんが帰ったあと、入れ替わるようにオブリさんとダルガたちがキャンプ場にやってきた。

ダルガたちは、街で作ってきた金属製のパイプを荷台に山のように積んだ馬車を何台も引き連れている。恐らく、いくつものパイプを繋ぎ合わせて一つの長いパイプにするんだろうな。

当たり前だが、実際に見るとものすごい量だ。

「なんとか予定通りの長さを作ることができたぞ。他の工房に頼んだ分もあるが、全てチェックはしているから、耐久性に関しては安心してくれ」

「急がせてすまないな、ダルガ」

「なあに、儂も早く温泉とやらに入ってみたいからな」

たった三日でこれだけの量の金属製パイプを用意してくれるとは恐れ入る。今更ではあるが、他の工房にまで手伝ってもらえるとは、さすが街を代表する工房の大親方たちだ。

「ほう、こんなに小さな穴が地中深くまで繋がっておるのか」

「それに、こんな場所から湯が出るとは不思議な物じゃのう」

セオドさんやアーロさんたちを穴の近くまで案内すると、そんな風に口々に言っていた。

さて、いよいよ掘削作業の始まりである。

「オブリさん、それではよろしくお願いします」

「うむ。あのパイプくらいまで広げればいいんじゃな。それではゆくぞ」

オブリさんが地面に手を添えて魔法を発動させると、小さかった穴がゆっくりと広がっていく。

「まずは一本目のパイプを入れるぞ」

一番下のパイプからお湯が入るため、穴が多く開いている。それゆえに上の部分よりも頑丈に作ってもらっている。

そのパイプを、拡張した穴の中にゆっくりと入れていく。

「よし、そこで一旦ストップじゃ。次のパイプを繋いでいくぞ」

「押忍！」

セオドさんの号令により、一番下のパイプがほとんど埋まったところで、次のパイプを元弟子さんたちがその場で溶接していく。

工具を使っていないところを見るに、火魔法を使っているのだろう。加えて、強化魔法でパイプを強化しているのか？

「よし、しっかりと繋がっておるな。オブリ殿、またゆっくりと穴を広げていってくれ」

「うむ、了解じゃ」

オブリさんがまた手を地面に添えると、ゆっくりパイプが沈んでいく。

そうしてある程度埋まったらパイプを溶接する、という作業を繰り返す。地中深くにあるお湯が溜まっている場所に辿り着くまでこれを続ければ、温泉が汲み上がるはずだ。

最初に穴を掘ってもらった時は、たったの一時間ほどしかかからなかったが、穴を広げつつパイプを溶接していくので、まだまだ時間はかかるだろう。

そう思いながら作業を眺めていると、ダルガが言う。

「ユウスケ、そっちはセオドに任せておいて、管理棟のほうを進めるぞ」

「ああ、了解だ」

そう答えたあと、俺とダルガ、アーロさんは管理棟前のテーブルまで移動する。

「街に戻って三人で作った、新しい増設部分の設計図じゃ。これで進めてよいか、確認してくれ」

テーブルの上に広げられた設計図に、ざっと目を通す。

うん、俺の要望は全部叶えられそうだな。ならばあとは大丈夫だろう。あの街で有名な三つの工房の大親方たちが協力して作ってくれた設計図なら、信用できるし。

「ああ、大丈夫だ。これで進めてほしい」

「よし、わかった。それにしてもまさか三人で協力して何かを作る日が来るとは思わんかったな。武器や防具ではなく、建物や巨大パイプだったのは驚きじゃったが」

「そうじゃな。久しぶりに面白い仕事じゃ。引退してからも、これほど面白い仕事をさせてくれるユウスケ殿には感謝しておるわい」

「それはこっちのセリフだよ、ダルガ、アーロさん。俺としてはお金まで貸してもらったうえに、こんなに急ピッチで作業を進めてもらって、申し訳ない気持ちでいっぱいなんだがな……」

「儂らが好きでやっとるだけだから、気にする必要はないぞ」

「それにここに温泉ができれば、儂らにとってもありがたい。あんまり気に病まんでええぞ」

そうは言ってくれるが、約一千万円だからなあ……しっかり返していかねば。


管理棟に戻ってきた。

ソニアとサリアには街の市場へ、食材の買い出しに行ってもらっている。

これまで何度も買い物に行ったし、俺がいなくても大丈夫なはずだ。

そんなわけで、今管理棟にいるのはイドとウドだけである。

「イド、体調は大丈夫か？」

「はい、もう大丈夫です。一昨日（おととい）はすみませんでした」

「気にすることないさ。むしろその前に、何度か俺やソニアが抜けたことで負担をかけて悪かった」

「いえ！　あれくらい、全然負担になっていないです！」

「それならいいんだけど、無理だけはしないようにな」

「はい、ありがとうございます！」

「さて、それじゃあ作業をしているみんなのために昼食を作るとするかな。それが終わったらのんびりと晩ご飯の準備……って、なんかずっと飯を作る一日だな、今日」

「僕も手伝います」

「別に時間はあるから一人でも大丈夫だぞ。せっかくの休日だから、のんびり休んでくれていいからな」

「料理は楽しいので、手伝いたいんです」

まあ本人がそう言うのに断る理由はない。

俺は頷く。

「それじゃあ、ありがたく手伝ってもらうとするよ。ウドはどうする？」

「俺は外を見てくる。物を作る作業は、見ていて飽きない」

「ああ、わかった」

俺も少しわかるな。建設作業とかを見ているのって結構楽しいよね。しかも、この世界では魔法を使って建設していくから、尚更面白い。

「ユウスケさん、パイプが地中まで到達したっす」

「おお、すぐに行くよ」

空が橙に染まってきた頃。ようやくパイプの設置作業が終わったらしい。

管理棟から出てみると、セオドさんが話しかけてくる。

「おお、ユウスケ殿、パイプが湯だまりのある場所までついたようじゃぞ」

「お疲れさまです。話を聞いて、見に来ました！　それじゃあ、ここにあるポンプをパイプにセッティングしてください」

一度お湯を吸い上げられることは確認したが、緊張する。

バッテリーに繋いである電動ポンプのスイッチを入れる。

ヴヴヴヴヴヴ！

ポンプが振動し始めた。

それから少しして、お湯が溢れ出た。お湯は、予め作ってあった湯船へ。

真っ白な湯気が立ち上る。

「よし、成功だ！」

やったぜ、これで温泉が楽しめる！

元の世界では、温泉や石油を掘り当てるのは博打だと言われているからな。

高額な資金をつぎ込んで、もしも温泉や石油が出なかったり、量が少なかった場合にはその全てが無駄になる。そうならなくてよかった。

「ありがとうございます、これで無事、温泉が楽しめますよ。皆さんのお陰です！」

「なあに、サリアもお世話になっていることじゃし、これくらいお安い御用じゃ」

「儂らも美味い酒やつまみをご馳走になっておるからのう」

オブリさんやセオドさんはそう言ってくれるが、お安い御用ってレベルの仕事量ではないはず。

本当にいい人たちだ。

「それじゃあ早速、浴槽にお湯を溜めておこう。その間に晩ご飯をみんなで食べるとしようか」

湯船にお湯を張るのはまだまだ時間がかかる。管理棟を増設しているダルガやアーロさんたちも今日はここまでにしてもらって、腹ごしらえするとしよう。


十分後、全員が食事の席に着いた。

「ほう、こいつは初めて見る料理じゃ」

「ふむ、唐揚げとはちと違うみたいだな」

オブリさんとダルガは料理をいろいろな角度から見ながら、そう口にした。

「これは俺の故郷の伝統料理の『天ぷら』だ。唐揚げと似ているんだが、唐揚げと違って衣に味が付いていないから、タレ――天つゆに付けるか、塩を少し振ってくれ」

そう、今日の晩ご飯は日本の伝統料理の天ぷらである。

えっ、天ぷらは元々ポルトガルの料理だって？　細かいことはいいんだよ！

個人的に、温泉宿で出てくる料理といえばこれなんだよな。

本当は刺身も出したいところだったが、こっちの世界の人たちは魚を生で食べる習慣がないので今はやめておいた。

ちなみに揚げたのは、ソニアとサリアが市場で買ってきてくれたこちらの世界の野菜や鳥、魚、貝、そしてストアで買ったエビ。

予め味見をしてみたのだが、こちらの世界の食材も、どれも美味かった。

「ほう、サックリとした歯応えの衣に歯を突き立てた瞬間、魚や貝の旨みが飛び出してくるわい！」

「ええ。天つゆが素材の味をしっかり引き立てています。それに衣も唐揚げより軽くて、食べやすいですね！」

セオドさんもソニアも、とても美味しそうに天ぷらを頬張っている。

「かあああ！　こりゃ酒が進むわい！　熱々の天ぷらに、冷えたビールが合う！　たまらんのう！」

「そうだろう、アーロさん。天ぷらにはビールもいいが日本酒も合うぞ。だが、このあとには風呂に入るんだから飲み過ぎないようにな」

なんて言いつつ、俺も日本酒をひと口。うん、さっぱりした魚介と辛口の日本酒がよく合う。油をすすげる感じがして、口の中がさっぱりするのもいい。

「うわ、サクサクしていて、とっても美味しいです」

「野菜も美味いな」

イドとウドも天ぷらに満足してくれているようだ。

「焼くのとは食感が違っていて、これはこれでいけるだろ？」

「本当に最高です。ユウスケさん、この天ぷらはキャンプ場では出さないんですか？」

イドは本当に気に入ってくれたようで、目を輝かせて聞いてくる。

「う～ん、他の揚げ物と同じ油を使えないから、難しいかもなぁ。下準備も大変だし」

油の中で違う衣が混ざると、味が変わってしまう。

それに、魚介類は骨や背ワタの処理が面倒なのだ。

今日は時間があったからこの人数分の天ぷらを用意できたが、普段の営業中に出すにはハードルが高い一品である。

「唐揚げと同じくらい美味いのに、残念じゃな」

「うむ、酒にも合うのにちと惜しいのう」

「ダルガやオブリさんがそう言うのなら、たまに出すのはありかもしれないな」

唐揚げを出さずに天ぷらの日にするって形なら、衣の問題は解消できるしな。


晩ご飯を食べたあと、いよいよ温泉に入浴する。

管理棟の増設はまだ終わっていないが、優先して建ててもらっていた浴場は完成しているのだ。

食事している間に、お湯も張り終わった。

ちなみに、お湯はかなりの高温だったので、今回は少し水で冷ましてある。

温泉は男湯、女湯、混浴の三種類あり、まず俺、ダルガ、セオドさん、アーロさん、オブリさん、ウドが男湯に入ることになった。

スペース的に全員一緒に入ることはできないので、元弟子たちに先を譲ってもらった形だ。

もちろん女性陣は、女湯である。

「ほう、こりゃ立派な温泉じゃのう。昔入った温泉より、見事じゃわい」

オブリさんは温泉に入ったことがあるのか。

浴室と壁はこのキャンプ場の近くで伐採した木で作られており、床にはタイルのような質感の石が敷き詰められている。元の世界の温泉と同じような、立派な浴場だ。

「これほどくっきりと物を映す鏡は初めて見たのう」

アーロさんはそう口にする。

ガラスの裏面に銀メッキを付けて作るタイプの鏡は、まだこちらの世界では生産されていないらしく、青銅（せいどう）を鋳型（いがた）に流し込んで作る銅鏡（どうきょう）が主流なんだとか。

ふと、ウドが早速湯船に入ろうとしていることに気付く。

「あっ、ウド。湯船に入る前に軽くお湯をかけて、ホコリや汚れを落とすんだ」

「そうなのか」

当たり前だが、この世界の人たちは温泉に入る時のマナーなど知らない。

ちゃんと看板に注意書きをしておかねば。

かけ湯についてや、タオルを湯船に浸けてはいけないことや、湯船で泳いではいけないことなどなど……教えたいことは多い。

「かけ湯といって、こんな感じで浴槽からお湯を汲んで身体にかけるんだ。汗をかいた日や、汚れているなと思った時には、かけ湯だけじゃなく、先に身体を洗ったほうがいいけどな」

この世界では元の世界より衛生面における基準が低く、かなり汚れた冒険者のお客さんもよく来る。その場合は湯船に入る前にしっかりと身体を洗ってもらわねばならない。

ちなみにシャワーを取り付けることは難しかったので、身体を洗う時は湯船から桶でお湯を汲んでもらう。屋上にあるタンクから引っ張ってきた水が出る蛇口はいくつかあるから、お湯が熱かったら水で温度調整をしてもらう感じだ。

今日は土木作業があったため、全員で身体を洗ってから湯船に入る。

「ああ～いい湯だな！」

「おお、こりゃ気持ちええわい！」

「湯船に身体を沈めるのがこれほど気持ちええとはのう！」

「うむ、素晴らしい！」

「これはいい」

ダルガ、セオドさん、アーロさん、オブリさん、ウドの順にそんな風に声を上げた。

俺も思わず「あー極楽だ……」なんて言ってしまった。

このキャンプ場には従業員用の風呂はあるが、ここまで湯船は大きくないから、すごくいい。

それにやっぱり水質が違う……気がする。

「ユウスケ殿が温泉にこだわっていた意味がようやくわかったのう」

「川で身体を洗うのとはまるで違うのう。この温泉に毎回入れるようになるとは、本当にありがたいわい」

「それもセオドさんやアーロさんたちのお陰だよ。本当にありがとう！」

みんなのお陰で、無事にこのキャンプ場に温泉施設が完成した。

まさか温泉掘削計画からたったの一週間で温泉に入れるようになるとは思ってもいなかった。

これで俺の理想のスローライフにまた一歩近付いたわけだ！

同時に、借金生活に足を踏み入れてしまったわけでもあるが……

「ユウスケさん、温泉、すごく気持ちよかったです！」

「いつものお風呂も気持ちいいですけれど、それよりももっとよかったです！」

「最高でした！　これから毎日あの温泉に入れると思うと幸せですね。やはりここで働くことを選んだ私の目に狂いはなかったです！」

「あ、ああ。それはよかった」

俺たち男性陣から遅れてサリア、イド、ソニアも温泉から上がってきた。

ちなみに、俺たちと入れ替わりで、今男湯に元弟子たちが入っている。

……それにしてもお風呂上がりの女性って当社比一・八倍くらい色っぽく見えるよね。少し濡れた髪をかきあげる仕草とか、なんとなくドキッとしてしまう。

今は普段と同じ服装をしているが、三人に浴衣を着せてみたらものすごく似合いそうだ。

「ユウスケ、どうかしましたか？」

「い、いやなんでもないぞ！　ソニア」

脳内で三人が浴衣を着た姿を思い浮かべていたから、焦ってしまった。

俺は誤魔化すように咳ばらいをしてから、話題を変える。

「そうだ、風呂上がりに合う飲み物があるんだけど、どうだ？」

「ええ、いただきます！」

風呂上がりといえば、やはり牛乳かフルーツ牛乳かコーヒー牛乳だろう。

ちなみに俺は牛乳派である。

ダルガたちはやはりというべきか、酒を飲もうとしていたのだが、確か風呂上がりに酒はよくなかったから、コーヒー牛乳を渡しておいた。

これも注意書きに加えておかないといけないな。

「うわ、甘くて冷たくて美味しいです！」

「牛乳に果汁が入っているんですね！　とっても美味しいです！」

「ちょうど喉が渇いていたので、ピッタリです」

やはりサリア、イド、ソニアは甘い物が好きなので、全員がフルーツ牛乳を選んでいた。

「そういえば、前にケーキ以外のお菓子をご馳走するって約束していたな。風呂上がりといえばあれだな。ちょっと待っていてくれ」

俺はそう言うとみんなに背を向け、ショップである物を購入する。

「風呂上がりといえば『アイスクリーム』だ」

しかもちょっとリッチでダッツなやつである。

これがアイスの中で一番高級感がある気がする。実際、ちょっとお高いけど。

今回用意した味は、バニラやストロベリー、チョコレート、クッキークリーム、ラムレーズン。

個人的にはクッキークリームと、今は時期的に売っていなかったが、パンプキンが好きである。

「なんですか、これ！　冷たくて甘い!?」

「冷たい菓子とは、面白いですね。こんな物があったとは！」

「甘くて美味しいです！　それに果実の味がします！」

サリアはバニラ、ソニアはチョコレート、イドのはストロベリー味か。

つぶつぶした食感、いいよね。

「おお、こりゃ美味い！」

「うむ、長年生きてきたが、このような菓子は食べたことがないのう！」

ダルガはラムレーズン、オブリさんはクッキークリームか。

気に入ってくれてよかった。

ちなみに牛乳やフルーツ牛乳、コーヒー牛乳はこのキャンプ場でも販売する予定だ。間違いなく売れるだろう。

あ、ちゃんと風呂から出てきた元弟子たちにも振る舞ったぞ。

第八話　襲撃

「ユウスケ、無事に管理棟のほうも終わったぞ」

「おお、ありがとう、ダルガ。すごいな、まさかたった一日半で全部終わるとはな……」

管理棟もたった数日で建ったが、温泉施設の建設と管理棟の増設までがたった一日半で終わってしまうなんて。この世界は本当にすごい。

浴場の脱衣所にカゴ置き場や、注意書き、タオルを入れる場所なども作ってもらったし、作業はこれで完了だ。

あとはドライヤーと体重計あたりがあれば完璧なんだが、ただでさえ借金しているので、今は自重(じちょう)しておこう。

「みんなのお陰でこのキャンプ場に温泉施設が完成した。本当にありがとう。さあ、好きなだけ食べてくれ。ただ、お酒は程々にな」

今日はみんなで先に温泉に入ってから晩ご飯にした。

実はみんなが作業している間、俺は燻製やダッチオーブンを使った料理など、時間のかかる料理をのんびりと作って楽しんでいた。

……建物を建てたりする時はいらない子だからな、俺は。

そうしてでき上がった料理が今、食卓に並んでいる。

「久しぶりに満足のいく仕事ができたわい」

「そうじゃな、あの浴場は中々見事なできじゃった」

「うむ。面白い仕事じゃったな。ユウスケ殿、また何かあったらいつでも声をかけてくれ」

「ダルガ、セオドさん、アーロさん、本当にありがとう。その時はぜひお願いするよ。オブリさんも本当に助かりました。また改めてお礼させてください」

「なあに、儂も楽しかったぞ。温泉はよい物じゃな。戻ったらうちの村でも掘ってみようかのう」

「ええ、温泉は身体にもいいですし、とってもおすすめですよ。もしもポンプとかが必要になったら言ってください」

そもそも温泉を掘れたのはオブリさんのお陰だ。もしもエルフ村で温泉を掘ると言うならいくらでも協力しよう。きっとダルガたちも喜んで手伝ってくれるだろうし。

それとは別に、何かお礼も考えなければいけないな。

ともあれ、温泉のよさをわかってもらえてなによりだ。

ぜひとも温泉の素晴らしさをこの異世界中に広めてほしい物である。

「それにしても今日はいろんな料理があるんだな」

ウドの言葉に、俺は頷く。

「ああ、せっかく時間があるってことで、普段出せないような料理も作ってみたんだ」

そう説明していると、ソニアが声を上げる。

「ユウスケ、このお肉、まだ赤いですよ！　中までしっかりと焼けていません」

「ああ、それは今回の目玉料理だ。確かにまだ赤いけど、弱火でじっくりと火を通してあるから問題なく食える」

これは、気合を入れて作った『ローストビーフの温泉卵乗せ』。

作り方は次の通りだ。

まずは、大きめのブロック肉の表面に塩と胡椒を振って、軽く下味をつける。

次に油を引いたダッチオーブンを強火で加熱し、全面に焼き色をつけていく。ある程度焼き色がついたら、一度肉を取り出してダッチオーブンに網(あみ)を敷き、その上に肉を置く。

火を弱火に調整して、ダッチオーブンの蓋の上にも熱した炭を置き、三、四十分加熱する。

串を肉に刺した時に真ん中まで火が通って少し温かくなるくらいまで熱してから、肉を取り出す。

それをアルミホイルに包み、余熱で更に二十分ほど温めたらローストビーフのでき上がり。

その上に温泉で温めた温泉卵を乗せれば、完成だ。

ストアで購入したローストビーフのタレをかけるだけで、めちゃ美味い。

ちなみに、温泉卵を作るのには結構試行錯誤した。

最初は二十分くらいで引き上げてみたらまだ生っぽかったので、少しずつ温泉に入れる時間を調整した。その結果、この温泉では三十分くらいが最適な時間であることが判明した。

「おお！　確かに色は赤いが、ちゃんと火が通っておる。それに、肉肉しいのう！」

「その甘辛いソースが卵とよく合う。最高じゃ！」

うん、セオドさんとアーロさんの反応は上々のようだな。さすがにこの世界の卵を半生の状態で食すのは少し怖かったので、ストアで購入した卵を使用した。

こっちの世界では卵を生で食べる習慣がないため、半熟の温泉卵については予めちゃんと説明しておいたが、気に入ってくれたようだな。

「ローストビーフは時間がかかるから、普段は出せない。ちゃんと味わって食べてくれよな」

「う～む、普段は出してくれんのか……儂の好きな赤ワインと合うし、とても美味しいんじゃがのう……」

「時間がかかるだけで、とても簡単に作れるんですよ、オブリさん。作り方を教えますから、ご自分で調理されてもいいと思います。必要な道具はお貸しできますから」

大自然の中で料理をするのも、キャンプの醍醐味だしな。

俺は、続けて言う。

「俺も昔は全然料理とかしませんでしたが、やってみると面白くてハマったクチです」

大学の後半から一人暮らしを始めて、そこから一気にハマり出したんだよな。

そして社会人になってキャンプをするようになってからは、よりいっそうである。

「ふむ、儂も昔は料理をしていたが、最近はめっきりじゃ。では今度試してみよう」

「ええ、料理についてなら、俺もいろいろと教えられますしね」

魔法とかについてはサッパリだが、料理ならいくらでも教えられる。

ストアでレシピ本も買えるしな。

「なるほど、その手があったか。儂らも元弟子たちに作らせてみるか」

「そうじゃのう。駄賃(だちん)を渡して料理してもらうとするか」

「…………」

どうやらダルガやセオドさんは自分で料理をするつもりはないらしい。まあ、他の人に作ってもらった料理を楽しみながら酒を楽しむのも一つのキャンプの形だ。

◆　◇　◆

「いらっしゃいませ、ようこそイーストビレッジキャンプ場へ」

「やあユウスケさん、また寄らせてもらいましたよ。今回も一泊でお願いします」

「ありがとうございます！」

来てくれたのは、パーシュさんだ。彼は行商人で、このキャンプ場にも何度か寄ってくれている。今日も荷馬車に荷物をたくさん載せているから、明日は別の村か街に向かうのだろう。

「ただ、大変申し訳ないのですが、実は今日からこのキャンプ場は値上げをして、一泊銀貨五枚になりました」

「ああ、そうなんですね。銀貨五枚でも全然安いくらいですよ。あのテントや寝具も街の安宿に泊まるよりも寝心地がいいですし、何より美味しいお酒や料理が楽しめますから」

「そう言っていただけると嬉しいです。ですが、ただ値上げしただけではありません。実はこのキャンプ場に温泉ができたんです」

「温泉ですか⁉　かつて一度だけ温泉に入ったことがありますが、その時は山の奥深くまでわざわざ行った記憶がありますよ。こんなところに、温泉があるのですか？」

「はい。宿泊費には温泉の料金も含まれていますので、何度入っていただいても大丈夫です。もし、温泉だけのご利用でしたら銀貨二枚となります」

銀貨二枚——約二千円の値上げは大きいかもしれないが、温泉の希少性を考えると、決して高くはないと踏んでいる。

それに前から宿泊費が安過ぎると言われていたから、ちょうどよかったのかも。

「なるほど、それでは温泉も楽しみにしています」

「はい、とても気持ちがいいですよ。温泉の入り口に入浴時のルールが書いてあります。もしも文字が読めないようであれば、従業員にお声をおかけください」

この世界の識字率はそこそこ高いが、それでも文字が読めない人もいる。

そういった人たちには従業員が口頭で説明することになっているのだ。

パーシュさんも温泉を楽しんでくれるといいな。

「ふう〜。なんとか今日の営業は終わったか……」

「今日は久しぶりに疲れましたね」

「ええ、ウドさんとイドさんが来る前くらいの忙しさに戻っちゃいましたね」

無事に本日の営業が終わり、今は晩ご飯を食べながら従業員のみんなと今日のことを話している。

ソニアとサリアの言う通り、今日はだいぶ忙しかった。

「そうだな。でもイドがだいたいの料理を作れるようになってくれていて、助かったよ。ウドもテントや寝袋やマットを一回で全部持ってきてくれるから、ありがたい」

「少しはお役に立てるようになれてよかったです」

「うむ、仕事で褒められるなんて久しくなかったから、俺も嬉しい」

二人も、既にこのキャンプ場には欠かせない人材になった。

正直ここまで即戦力だとは思っていなかったから、嬉しい誤算だ。

「それにしても、温泉ができたら、やっぱり忙しくなるな」

「そうですね、説明を求められることも多々ありましたし。それに数時間に一度、浴場を掃除しに行かなければいけないのも地味に大変で」

ソニアの言葉に、俺は「確かにそうだな」と相槌を打つ。

ありがたいことに今日も大勢のお客さんが来てくれた。

今のところ値上げについては、来てくれたお客さん全員が納得してくれている。むしろこの価格で温泉に入ることができて喜んでくれていた。お昼ご飯だけ食べに来てくれた人も、試しに温泉に入ってだいぶ満足してくれたようだ。

しかしソニアの言う通り、温泉ができたことにより、数時間に一度浴場を確認して、軽く掃除をしなければいけなくなった。

それに営業が終わってからは、浴槽の掃除やタオルの洗濯などもしなければならない。

「やっぱりもう少し従業員を増やしたいところだな。来週あたりにまた街で募集をかけるから、それまでもう少しだけ頑張ってくれ。特にイドは、絶対に無理しないようにな」

「はい、ありがとうございます」

体調の悪い時に無理をすることはない。

元の世界のブラック企業だったら、たとえ三十八度の熱が出たとしても、無理やり出社させられることだろう。

イドにはそういう思いはさせたくない。

うちのキャンプ場はホワイトな職場にしたいからな。

「でも、私たちも毎日温泉に入れるようになったのは嬉しいですよね。とっても気持ちいいですから！」

そう、忙しくなったのは大変だが、サリアの言う通り、仕事が終わったら毎日温泉に入れるようになったのは大きい。特に今日はかなり疲れたから、より気持ちよく感じられた。

「そうだな。疲れている時の温泉は最高だ。……それにしても、できればもう少し長い時間開けておきたい。これも、人が増えて落ち着かないとどうにもならないが」

温泉はこの管理棟が開いている時間帯だけしか入れない。だが、可能なら朝早くから夜遅くまで開放してあげたい。

「それじゃあ今週は少し大変だけど、もう少しの間だけ頑張ろう」

◆　◇　◆

「ユウスケさん。ジルベールさんがいらして、ユウスケさんを呼んでほしいとのことです。ちなみに今日は泊まりのご利用ではないとのことでした」

「ああ。ジルベールさん、もう来たのか。わかったサリア、すぐに行くよ」

そして次の日、お昼過ぎの少し落ち着いた時間帯に、ジルベールさんがキャンプ場に来てくれた。

忙しい時間帯を避けてくれたのは、ありがたい。

先日ダルガにお願いをして、ジルベールさんにこのキャンプ場に温泉施設を作ることを伝えておいてもらった。

今週の休みにこちらから商業ギルドに行くと伝えていたのだが、わざわざ来てくれたんだな。

そして、ザールさんも一緒か。

「ジルベールさん、お待たせしました。ザールさんもお久しぶりです」

「やあ、ユウスケ君、久しぶりだね」

「ユウスケさん、お久しぶりです」

「聞いたよ！　こんな場所に温泉が出たんだって。すごいね、僕も温泉なんて見たことないのに！」

「私も温泉は話に聞いたことはありますが、見たことがありません。なんでも地面から湧き出る熱い湯だとか？」

「はい。といっても、温泉が出たのはオブリさんのお陰ですけどね」

「なるほど、さすがオブリ様だ。今日はその温泉に入りに来たんだよ。早速案内してもらえるかな」

「はい、こちらです」

ジルベールさんとザールさんを温泉へと案内する。

以前ソニアに商業ギルドに確認してもらった話によると、温泉施設の営業自体は問題ないが、税金を納める必要性はあるとのことだ。

きっとそういったことについても後ほど説明があるのだろう。


「いやあ、温泉ってすごいんだね！　確かに普通のお湯とは質が少し違う気がするね。それにあんなに大きな湯船に入ったのは生まれて初めてだよ！」

「ええ、とても素晴らしかったです。それに温泉上がりに飲んだ、冷たいミルクは最高でした！」

どうやら二人とも温泉に満足してくれたようだ。

俺は胸を撫で下ろしながら言う。

「気に入ってもらえてよかったです。それで、このまま営業しても大丈夫そうですか？」

「あ、そうか。それを見に来たんだっけ。ザール、どうだった？」

「ゴホンッ。ええ、入浴料は法外な額ではなかったので問題ございませんし、お湯の成分も調べさせていただきましたが、特に危険な成分も含まれていませんでした。念のために、温泉の湯を少し持ち帰ってギルドでも再度確認させていただきますけども。以前と同じように二から三日後に営業許可証が発行されますので、お手数ですがお時間のある時に商業ギルドまでお越しください」

立て板に水の如く流暢（りゅうちょう）に語るザールさんに圧倒されつつ、俺は答える。

「あ、はい。ありがとうございます」

それにしても、ジルベールさんはただ温泉を楽しんだだけか……相変わらずだな。

まあやる時にやってくれる人なのはこの前十分に見せてもらったし、俺が何か言う問題でもないか。

そう思っていると、ジルベールさんが聞いてくる。

「そういえば、なんで男湯と女湯の他に混浴風呂があるの？　あれって男性と女性がどちらも入れるお風呂だよね、それって必要あるの？」

うっ、やっぱりそこは突っ込まれるか。

だが、大丈夫、それについては理由をしっかり考えてある。

「俺の故郷には昔、混浴風呂しかなかったから、その文化を残したかったんですよ。それに子供連れのお客さんや冒険者パーティで一緒に入りたいというお客さんもいると思いますから！」

江戸時代の話だけどね！

子供連れや冒険者パーティで一緒に入りたいという要望はたぶんある。見たか、この完璧な理由を！　決して俺がこっちの世界の女性と混浴を楽しみたいだけではない！

……まあ今のところ忙しくて、一度も営業時間中に入れていないんだけどな。

大親方たちに温泉や管理棟の要望について聞かれた時に、真っ先に混浴についてはお願いした。

混浴は男の夢（ロマン）である！

「なるほどねえ。まあ営業については問題なさそうだから大丈夫かな」

「ええ」

そろそろこの話題はやめておいたほうがいいな。

混浴だけ営業許可が下りないなんてことになったら大変だ。

そう思い、話題を変えることにした。

「ありがとうございます。そういえばリバーシや将棋とかはどうなりました？」

「来週くらいから販売に移る予定だよ。特許登録をしているから一月ごとにユウスケ君に使用料が支払われるはずさ。大丈夫、ユウスケ君に言われた通り、使用料は最低限にしてあるから！」

「……あ、はい。ありがとうございます」

『温泉を掘ってもらうのに大金を使ったから、使用料を上げてほしい』とは今更言えない。

いやいい。最低限の使用料でも多少は借金を返すことに役立ってくれるといいな、と思うに留めよう。

ちなみに、ダルガたちに対する借用書は今度商業ギルドに行った時に作成する予定だ。別にいらないと言ってくれてはいるが、そのあたりはちゃんとしておかないとな。

ジルベールさんとザールさんは温泉に入ってご飯を食べてから、街へ帰っていった。

ジルベールさんは一泊していくとゴネていたのだが、ザールさんが副ギルドマスターに言いつけると言ったところ、渋々ながら帰っていった。

また次の休みの日には来てくれるらしいから、その時には精一杯もてなすとしよう。

とりあえず、温泉の営業も問題なさそうなので少し安心した。

◆　◇　◆

温泉施設の営業が始まってから五日経った。

多くの人がキャンプ場に来てくれたが、その誰もが温泉に満足してくれた。

温泉だけではなく、シャンプーやリンス、石鹸（せっけん）も好評だったな。

仕事量については、以前よりも作業が増えただけに中々忙しい状況だ。

今週はイドが毎日働いてくれたからどうにかなったが、イドが体調不良で休んで四人で回すことになると、たぶん厳しいだろう。

明日従業員を見つけなければ、といっそう思う。

さあ今週もあと一日、頑張っていこう。

ピンポーン！

「次は私の番ですね。それでは行ってきます！」

「ああ、頼むサリア」

「この時間になると、だいぶお客さんも落ち着いてきますね」

ソニアの言葉に、俺は頷く。

「ああ、どうやら今日も無事に終わりそうだ。明日は、街でやることをさっさと終わらせてからのんびりしよう」

「そうですね、今週は休む間もないくらい忙しかったです。休みの日はゆっくりと漫画を読んで過ごしたいですね」

とはいえ、ソニアはどんなに忙しくても毎晩温泉に入った後に漫画を読んでいたよな……

もっとも、相変わらず仕事は完璧なのであえて指摘はしないが。

ソニアと雑談をしていると、大きな音が鳴り響いた。

ビー！　ビー！

「うおっ、まさか本当に来たのか！」

「ユウスケ、先に行きます！」

「ああ、頼む！　イドは管理棟に隠れていてくれ！　ウドは念のために武器を持って、お客さんを管理棟まで避難させてくれ！」

「は、はい！」

「了解だ！」

　俺は急いでソニアの後を追ってキャンプ場の入り口まで向かう。

『結界内にて暴力行為が既定の回数を超えました。対象を結界外に排除し、結界内への侵入を禁じますか？』

　答えは『はい』だ！

　結界能力の警告が出ると同時に脳内で『はい』を選択する。今回はリアルな第一種戦闘配置的な状況だが、ふざけている場合ではないので、割愛だ。

　先ほどのブザー音は、従業員全員に持たせている防犯ブザーの音。

　このブザーを鳴らす時はお客ではない相手、つまりは盗賊や大型の魔物がこのキャンプ場にやってきた時だ。

　次々と警告が送られてくるが、その全てに対して『はい』と答えつつサリアの元へ。

「ユウスケさん！」

「サリア、無事か！」

「はい、結界のお陰で傷一つありません。敵は盗賊。人数は八人でした。今ソニアさんが外に出た敵を次々と倒しています！」

「よし、わかった！　サリアもウドと一緒にお客さんを避難させてくれ！」

「は、はい！」

戦闘能力が皆無とはいえ俺も男だ！

剣を持ってソニアの元へ急ぐ。

キャンプ場の入り口に着いた。

小屋の上から弓を射るソニアに声をかける。

「ソニア、大丈夫か!?」

「ええ、問題ありません。今離れた場所にいる最後の一人を仕留めます」

ヒュン！

ソニアが放った二本の矢は、ありえない軌道で森の中の木々をすり抜け、森の奥にいた盗賊らしき男の左右の足を貫いた。

「ぎやあああああ！」

「ふう、これで盗賊たち全員を無力化しました。とりあえずやつらを拘束しましょう」

「……あ、はい」

どうやら今回も俺が来た意味はなかったらしい。

「うう、痛え……」

「なんでだよ、まるで目に見えない壁かなんかで攻撃が全部弾かれちまう！」

「ちくしょう！　たかだか四人程度の簡単な獲物じゃなかったのかよ」

キャンプ場の入り口と、そこから少し離れた場所には手や足を射られて動けなくなった盗賊たちが倒れ込んでいた。

ソニアが一人ずつ手足をロープで縛ってから、俺が許可を出して結界の中に入れていく。

ロープは結界の能力で破壊することができないので、たとえ武器などを隠し持っていたとしても逃げることはできない。

「これで全員を拘束しました。とりあえずそこの木に全員を縛っておきましょう」

「ああ、頼む。俺はみんなに盗賊を捕まえたことを伝えてくる」

「わかりました」

ここまですれば、もう安心だろう。

一時的に管理棟に避難させていたお客さんたちに、盗賊を拘束したことを伝えに行った。

お客さんは当然、全員無事だった。

サリアたちに話を聞くに、冒険者のお客さんが盗賊を捕まえるのを手伝うと言って、入り口に向かおうとするので、なんとか止めていたらしい。

気持ちは嬉しいが、従業員だけで対応するべきだし、可能性は低いが、お客として盗賊の仲間が入り込んでいる可能性も考えると、行かせないほうがいいもんな。

ひとまず大丈夫ってことで、急いでソニアの元に戻ってきた。

「それでこいつらはどうすればいいんだ？」

この世界の盗賊の扱いはどうなっているのだろう。そういえばまだ聞いていなかったな。

まさか、本当にこのキャンプ場が狙われるとは思ってもいなかったし。

「多少手間ですが、街まで行って衛兵に引き渡すほうがいいでしょう。懸賞金などが掛けられているかもしれませんし、そうでなくとも多少の礼金がもらえるはずです。街まで連れていくのが手間なら全員この場で殺してもいいのですが、その場合はもう少し山の奥まで運んでから山に埋めましょう」

「…………」

さらっと怖いことを言うなよ。

さすがに盗賊たちも青ざめた顔になって、俺のほうを涙目で見ている。

だが、この世界ではそれが常識なのかもな。

この八人の盗賊は全員が剣や弓や斧を持って武装している。俺たちやお客さんを殺すつもりだった可能性が高い。

そう考えると、ここで全員を処刑するのも選択肢としてはありだが、幸いこちらには誰も怪我人はいないから、そこまでしなくともいいだろう。

ひとまず衛兵に引き渡して……そのあとのことは、俺たちの知ったことではない。

「街まで運んでいくか」

俺がそう言うと、盗賊たちは少し安堵したようだ。

しかし、こいつらにはまだ聞かなければいけないことがある。

「おい、どうして俺らを襲おうとした？」

一際図体が大きい、リーダーと思われる男に尋ねた。

「俺たちは向こうの山を根城にしていた。ちょっと前に部下がこの場所を見つけたんだ。遠目から様子を見ていたが、従業員はたったの四人で、亜人のやつ以外はたいしたことがなさそうな女やヒョロい男だ。客もジジイや商人たちが多くて絶好のカモだと思っていたが、あの見えない壁はなんなんだよ、ちくしょう！　それにあのエルフの女を捕まえようとしたが、一瞬でこのざまだ。もうわけがわからねえ！」

かなり正直に語ってくれたな……

どうやらこいつらは結界の存在を知らなかったらしい。

まあ遠くから見ただけなら、このキャンプ場はいいカモに見えるよな。

ウド以外は女性のサリアとソニア、ずっと管理棟の中にいるイド。あとはヒョロい俺だけだ。……って誰がヒョロい男だ！

俺の評価はさておいて、確かに今日は冒険者のお客さんが一組しか来ていなかったから、狙い目に見えたのだろう。

ただ、大親方たちに関しては、自衛のために自分たちで打ったヤバそうな武器を持っていたし、オブリさんもお爺さんに見えて実は戦闘狂だからな。

お客さんしかいなくて、結界がなかったところで返り討ちだったろう。

……その場合、こいつらは細切れか消し炭にされていた可能性が高いから、こいつらにとってはソニアが相手で運がよかったかも。

「お前ら、この男は知っているか？」

盗賊たちに、ゴートがくれたこのキャンプ場にちょっかいを出してきた男の人相書を見せる。

「……いや、知らねえな」

「俺も知らねえ」

「俺もだ」

ソニアのほうを見ると頷いてくる。俺にこいつらの嘘を見抜くような力はないが、長年冒険者をやってきたソニアの判断は信じられる。きっと本音なのだろう。

どうやら盗賊とこの謎の男は無関係のようだ。本当にたまたまこのあたりにいた盗賊が襲ってきただけらしい。

とりあえず、従業員もお客さんも怪我をしなくて本当によかったよ。さすがにこいつらを歩いて街まで連れていくのは手間だから、ダルガたちに温泉施設を建てる際に金属パイプを載せていた馬車を借りられないか聞いてみるとしよう。

そのあとは特に大きな問題はなく、今週の営業を乗り切ることができた。

管理棟にみんなを集めて、俺は切り出す。

「それにしても今日は驚いたな。みんなが無事で本当によかったけどさ」

「ユウスケさんの結界のお陰で、なんともありませんでした。本当にありがとうございます！」

サリアはそう言ってくれた。

だが、油断は禁物だ。

「それでも怖い思いをしたよな。みんなもそうだけど、入り口周辺で接客をする時は絶対に結界の範囲内から出ないように。それと少しでも怪しいと思ったら防犯ブザーを鳴らすんだぞ。もし間違えて押しちゃったとしても、誤って鳴らしちゃいましたで済む話だからな」

俺の言葉に全員が頷いたのを見て、俺は続ける。

「それと盗賊を深追いしないように。盗賊を逃がすより、みんなが傷付くほうがダメだ」

これは主にソニアに対する忠告だな。いかに強いと言ったって、それ以上の手練れがいないとも限らないし。

それを理解してくれたようで、ソニアは頷いてくれる。

「わかりました」

「それにしても今回は大した相手じゃなくてよかったな」

「……ユウスケ。おそらくですが、やつらはそこそこ名のある盗賊だったと思いますよ」

ソニアの言葉に、俺は「へっ？　そうなの？」と素っ頓狂な声を上げる。

「はい。私もユウスケの結界がなければ、あの人数を相手にするのは難しかったかもしれません。特にあの盗賊のリーダーの男は私の矢を何本か避けていましたし、魔法での反撃は中々の物でした。まあ全てユウスケの結界で消失しましたけどね」

マジか……いくら一対八とはいえ、元Aランク冒険者のソニアにそこまで言わせるとは……

俺がキャンプ場の入り口に到着した時にはほぼ全滅していたが、実は既に結構やり合ったあとだったってことみたいだ。

それにしても、あの入り口の小屋は敵の迎撃に役に立ってくれたらしい。あそこの小屋の二階はテラスのようになっていて、上から弓矢で射られるようになっている。

結界の中から外に向かって攻撃をした場合には、その攻撃は結界によって無効化されないことを調べておいたのも大きかった。

……改めて考えても相当なチート能力だ。防衛戦なら負けようがないもんな。向こうの攻撃は一切通さず、こちらは防御を気にせずに攻撃し放題だ。

「とりあえず、今後も今日と同じように対応すれば問題なさそうか？」

「ええ、ユウスケが攻撃しようとしてきた者を片っ端から結界の外に追い出してくれれば、私はそれを射るだけですからね。楽勝です」

「まあそれはそうだけど、あんまり結界を過信するなよ。俺が街で襲われて、結界を俺の周りに移動させる可能性だってあるんだからな」

基本的に俺が街に行っている時に暴漢に襲われたら、少しの間とはいえこのキャンプ場の結界は消えてしまう。頼り過ぎはよくない。

「そうですね……気を付けます」

「サリアも大丈夫だったか？　無理せず言ってくれよ」

「大丈夫です。結界があったお陰で、狼の魔物に囲まれた時より怖くなかったですよ」

とはいえ、普通に怖くはあっただろう。

盗賊たちを何発か余計にぶん殴ってもよかったかもしれない。

「ウドもお客さんを避難させてくれてありがとうな。イドは、大丈夫そうか？」

「ああ。むしろお客さんを止めるほうが大変だったぞ。ユウスケに言われたように、少しでも援軍が必要だったら、もう一度ブザーが鳴ると伝えてなんとか我慢してもらったがな」

あれ以上危ない状況になったら、ブザーを鳴らして遠慮なく助けを借りようと思っていた。

ちなみに、もう一つ違う音も鳴らせるようになっていて、どうにもならない時にはその音を合図に、キャンプ場の裏からみんなに逃げてもらう予定になっていた。

結果的にはそうならなくてよかったよ。

「僕も大丈夫です。何もお手伝いできなくてすみません……」

「イドは普段から自分のできることを頑張ってくれています。無理にそれ以上のことをしようとしなくてもよいのですよ。下手に前に出て怪我をしたり、人質になったりするほうがよくないですからね」

「は、はい！　ソニアさん、ありがとうございます」

ソニアはよいことを言うな。

人間できることには限りがある。それ以上のことをしようとすればロクなことにならない。

「うん、ソニアの言う通り、みんなも無理や無茶だけは厳禁だからな」

人間はほどほどに頑張ればいいんだよ。

さて、明日は休みだが、従業員を探すだけでなく、盗賊たちを引き渡さなければならなくなってしまった。中々忙しいが、後々のために頑張るとしよう。

第九話　貴族の無茶ぶり

「う～ん、速いな。やっぱり一台くらい荷馬車が欲しいよな」

「街に着くまでの時間が半分以下になるぞ。普段儂らは健康のために徒歩で来ているがな」

翌日、ダルガの操縦する荷馬車に乗りながら、俺とダルガはそんな会話を交わしていた。

街までの時間が短くなるということは、それだけ休みの時間が増えるということになるから、魅力的だ。

それにしてもダルガたちは結構な頻度でこの距離を歩いているなんて、健康的である。

キャンプ場にいる時はあまり運動をせずに酒を飲み、カロリー高めな料理を食べているから、運動くらいはしてもらわないと、と思わなくもないが。

「すごく速いですね！　風がとっても気持ちいいです！」

サリアはそう口にしながら、髪を手で押さえる。

ガタガタと揺れる荷馬車。だが思ったよりも乗り心地は悪くない。道はそれほど舗装されておらず、そこいらにある石を踏むと荷馬車は揺れるが、魔物の素材を使ったサスペンションのお陰だろう、そこまでお尻が痛くなるということはない。

こちらの荷馬車には俺、サリア、大親方たちが、もう一台の荷馬車には手足を完全に拘束した盗賊たちと、見張り兼操縦士のソニアが乗っている。

手足を矢で射抜かれた上に、拘束されている盗賊が逃げ出せるとは思わないが、もしも逃走しようとしたり、攻撃をしてきたりしたら殺しても構わないと伝えてある。無理に生きたまま拘束しようとして誰かが傷を負うのが一番嫌だもんな。

ちなみに、盗賊を護送するために今結界は俺を中心に展開してある。

「ところで、馬っていくらくらいするんだ？」

「一頭だいたい金貨二百枚ほどといったところじゃな」

セオドさんが答えてくれた。

……おう、約二百万円か。借金のある今の身では到底手が出ない。

ただ、荷馬車があれば街へ買い物に行く時の時間が短縮されるし、キャンプ場から街までお客さんを送っていくこともできるから、いずれは買いたいな。

よくある旅館やホテルの送迎バスみたいな物である。荷馬車があれば、街から遠くて来られなかった人や、家族連れや、戦闘能力がなくてここまで歩いてくることが難しかった方にもキャンプ場を楽しんでもらえる。

しかし、馬の維持費や、ソニアのように戦闘が可能で荷馬車の操縦もできるような従業員が必要となるため、どっちみち馬を購入するのはまだ早い、か。

「まだ先の話だな。荷馬車を作る時はまたみんなにお願いするから、この馬車に負けないくらい乗り心地のいいやつを頼むよ」

「おう、任せておけ」

「そうじゃな、また皆で協力して作り上げるのも悪くないのう」

「そん時は世界一乗り心地のいい荷馬車を皆で作ってやるわい」

……ダルガにセオドさんやアーロさんは頼もしい。

だが、そこまで立派な荷馬車は必要ないぞ。

「それではこいつらを詰所まで連れていきますね」

「ああ、よろしく頼むよ」

無事に街まで辿り着くことができた。ここから荷馬車は二手に分かれる。

ソニアには盗賊たちを衛兵の元へ運んでもらう。

何度か盗賊を捕まえた経験がある彼女に任せたほうが、スピーディに手続きできるだろうからな。

その間俺たちは、商業ギルドへ。

ソニアとは商業ギルドを出たところで待ち合わせる予定だ。

結界があるとはいえ、俺とサリアだけで街を歩くのは少し怖い。

「ユウスケさん、お久しぶりですね」

「ルフレさん、お久しぶりです」

商業ギルドに入ると、ルフレさんが出迎えてくれた。

「お待たせしました、こちらが温泉の営業許可証になります。温泉の税金は一ヶ月後から払う必要がありますが、半年間は減税されますので、ご安心ください」

「かしこまりました。ありがとうございます」

許可証の裏には、税金の計算方法が載っていた。

……半年間は月に金貨数枚納めればいいって感じか。

「続いて借用書の作成ですね。こちらの内容を確認して記入をお願いします」

「はい」

大親方たちとの借用契約における書類の記載事項を埋めていく。

外にいる大親方たちにも確認してもらい、署名と押印をしてもらった。

これで俺も立派な借金持ちだぜ、ヒャッハー！　……頑張って地道に返していくとしよう。

諸々込みで金貨千四百枚。中々の金額だ。

ただ、利子も返済期限もなしにしてくれたのは正直かなりありがたい。

その代わり、キャンプ場でちょっとしたつまみとかをサービスしてあげよう。

書類が完成したので商業ギルドを出る。

大親方たちは工房へ戻るらしいので、ここでお別れだ。

ぼうっと待っているのもあれなので、ギルドの前の屋台で三人分のジュースを買う。

それを飲み始めてから少しして、ソニアがやってきた。

「お待たせしました。盗賊たちを無事に衛兵に引き渡しました」

「ああ、こっちもちょうど終わったところだよ。危険な任務、ありがとうな」

「ソニアさん、お疲れさまでした。これ、そこの屋台で買った果物のジュースです」

「サリア、ありがとうございます」

ソニアが一口ジュースを飲むのを待って、俺は聞く。

「それであの盗賊たちは、金になったのか？」

「はい、全員で金貨三百枚になりましたよ」

「ブホッ、ゲホ、ガホ！」

「ユ、ユウスケさん⁉　大丈夫ですか！」

あ、あかん、気管にジュースが入った。

「ゲホ……え、嘘だろ？　あの八人の盗賊を引き渡しただけで金貨三百枚ももらえたの？」

「ええ、やはりあの付近でそこそこ名の通った盗賊だったようですね。かなり被害が出ており、懸賞金も上がっていたようです」

……マジか。結界の中からソニアが弓矢で攻撃するだけの簡単なお仕事だったのに。

「特にあのリーダーの男が中々の悪党だったようです。関わりのある他の盗賊団の情報も得られそうだと言っていました」

……この文明レベルの拷問ってエゲツなさそうだよな。いや、魔法で簡単に自白させられるのかもしれない。

それにしても、まともな戦闘すらしていないのに金貨三百枚か……

一攫千金を求めて冒険者や賞金稼ぎになる人の気持ちもわからなくはないな。いや、俺には無理だな。安全な場所でのんびりと過ごすほうが身の丈に合っている。

「それじゃあ、みんなの分け前については後で相談するとしようか」

「いえ、この金貨三百枚については業務時間内に得られた成果なので、キャンプ場の借金返済に使ってください」

「いや、実際にはソニアが全員を拘束してくれたんだし、さすがにそれは……」

「それもユウスケの結界があってこそですからね。それに、私はそれほどお金を必要としてはおりませんから。そもそも金貨千四百枚くらい私が貸してもよかったのですよ」

いや、一従業員に大金を借りる店の雇い主なんて駄目だろ。

「私もそれでいいと思いますよ！」

サリアまで……

どうやら俺はよい仲間に恵まれたらしい。

「それじゃあ、この金貨三百枚はありがたく借金返済に使わせてもらうとしよう」

「ええ！」

「はい！」

ウドとイドにも帰ったらちゃんと報告しておこう。

続いて冒険者ギルドへ。

住み込みまかない付きで週に金貨二枚という条件だと、希望者が殺到するだろうとソニアやウドから言われていたので、今回は更に条件を加えた。

『多少の戦闘と荷馬車の操縦が可能な者』という条件だ。今後キャンプ場で荷馬車を購入するかもしれないからな。もしもこれで応募がなければ条件を緩めるとしよう。

希望者は来週の同じ時間に冒険者ギルドに集まってもらうように通知している。そして採用されれば荷物を持って、そのままキャンプ場へ直行してほしい旨も記載してもらった。

前回は街に来た日に採用しようと思っていたが、調べた限りそれは結構無謀だったらしい。

そう考えると、ウドやイドを雇えたのは、かなりラッキーだったんだな。

そんなわけで今週はまだ五人で乗り切らなければならないので、また忙しくなりそうだ。

そのあとは市場で買い物を終えて、キャンプ場まで戻ってきた。

ウドとイドに盗賊を捕らえた賞金について話したのだが、『自分たちは何もしていない』って感じで、特に気にした様子はなかった。

今は借金があるからありがたく受け取るが、借金を返し終わったら、ちゃんと従業員やお客さんに還元していくとしよう。

次の日の休みはのんびりとしながら、いろいろな料理や温泉を楽しんだ。朝と夜に二回も温泉に入ってしまった。

俺は元の世界ではそこまで温泉が好きだったわけではないが、いつでも温泉に入れると思うとついつい長湯してしまう。

よし、一週間の疲れも取れたし、明日から頑張るぞ！

◆　◇　◆

「なんだ、またユウスケさんかよ」

「出迎えはソニアさんがよかったのに！」

「くそっ、俺はサリアちゃんがよかった……」

「はっはっは、残念だったな！　……というか、お前たちは相変わらず運がないな。先週も俺だったろ」

こいつらは男三人組のCランク冒険者パーティである。キャンプ場の営業が始まってすぐの頃、たまたま依頼のあとにこの場所を見つけて常連になってくれた。

しかし、こいつらはあまり運がないようで、女子に出迎えてもらえたことがないのだ。

同じ男として、出迎えてくれるのはメイド服を着たサリアかソニアであってほしいという気持ちはよくわかる……が、こればかりは優遇するわけにもいかないしな。

「今日はいつも通り一泊か？」

「ああ。金貨一枚と銀貨五枚だ」

パーティのリーダーはそう言って、金を手渡してきた。

「ほい、確かに。まあ気持ちはわかるが、飯や酒を注文する時にはたぶんどっちかとは会えるだろ」

「どうせなら金は多めに払うから、サリアちゃんに料理を持ってきてもらえるように頼むよ！」

「それなら俺も追加料金を払うからソニアさんがいい！」

「悪いけれど、うちはそういうのはやってないから」

彼らだけでなく、サリアとソニアには既にファンがついている。二人ともすごく綺麗だし、今では立派なこのキャンプ場の看板娘である。

いや、片方は娘と言うべき年齢では……ゲフン、ゲフン。

「ちぇっ、仕方ねえか。まあここは飯も酒も美味いし、何よりあの風呂が最高だからな！」

「ああ、それで街の宿と同じ金額ってのは信じらんねえぜ！　街から近ければ毎日でも泊まるのによう」

「嬉しいことを言ってくれるな。まあ、仕事もあるんだから入り浸り過ぎるなよ。あと、セクハラ行為は問答無用で出禁にするからな！」

「そんなことはしねえよ。サリアちゃんは俺たちのアイドルなんだ！　日々の依頼の疲れをここで癒しに来ているんだからな。むしろそんなことするやつがいたら俺がぶっ飛ばす！」

「……お客さん同士でのトラブルでも暴力行為があったら出禁になるから、手を出す前に他の従業員に知らせてくれ」

「ああ、もちろんだ！」

こいつらではないが過去に二、三回ほど、結界の能力によるセクハラの警告が発動したことがある。その際はたまたま身体に手が触れそうになったと言っていたが、たぶん嘘なんだろうな。

一応顔は覚えておいて、次に同じようなことがあったら出禁にすると警告はしてある。従業員が快適に働ける環境を整えることも大事だ。

◆　◇　◆

今週も、瞬く間に過ぎていった。

だが、今日の営業が終われば明日は休みだ。

このキャンプ場にもいろんなお客さんが来てくれるようになった。温泉の噂を聞いて、初めてやってきてくれるお客さんも増えてきた。このままいけば、借金も順調に返済できそうだな。

ピンポーン！

「俺が行ってくる」

「ああ、頼むよウド。サリアは五番サイトにいるお客さんに料理を提供してくれ」

「はい！」

「サリアさん、料理はこっちに置いておきます」

「はい。イドさん、ありがとう」

お昼時はやはり忙しい。これが一月以上続くとなると、イドでなくても誰が体調を崩してもおかしくはない。明日の休みに従業員を雇えないと、ちょっとまずい。

「すまない、ユウスケ。新しくきたお客さんが亜人の俺ではなく、責任者に来てほしいと言っている。悪いが代わってもらってもいいか？」

「ああ、もちろんだ。ウドは大丈夫か？　何か変なことをされたり、言われたりしていないか？」

結界の警告は出ていないから、直接手は出されていないのだろうけれど、『亜人の俺ではなく』と口にしているあたり、あまりいいお客ではないようだ。

「軽くは言われたが、別に気にしてはいない。相手はだいぶよい身なりをしていた」

よい身なりということは貴族か？　どこからか温泉の噂を聞いてきたのかもしれない。

う～ん、本音を言えばお客として扱いたくはないが、ウドのことを悪く言っただけでキャンプ場に入れないのはまずいか。

「わかった。嫌な思いをさせて悪かったな。そいつの接客はしないように調整するから安心してくれ」

「大変お待たせしました。イーストビレッジキャンプ場へようこそ」

「ふむ、黒髪の人族か。先ほどの亜人よりは、まだマシなようだな」

目の前にいるのは、派手な服を着て、キラキラとした装飾品を身に付けている四十代くらいの男性。

ぱっと見で、貴族だとわかる。

一度街で会った貴族ほどではないが、こいつも少し太っているな。

後ろには派手で豪華な馬車が停まっていて、そこには武装をした五人の男と馬車の御者。

髪の半分くらいが白髪の執事が前に出てきた。

「ここでは温泉に入れるという情報をお聞きしてやってきました。それに、出てくるワインや料理も中々の物と聞いております」

よかった、どうやら執事さんはまともな人らしい。

それに俺が着ている安物よりも、彼の執事服はピシッとしていて、格好いい。

「はい、こちらではお一人様銀貨二枚で温泉に入ることができます。また、街では味わうことができない珍しいお酒や料理をお出ししております。一泊される場合は、入浴料込みで銀貨五枚です。本日はご宿泊でしょうか？」

「なるほど。宿泊はしないので、先に食事をいただいてから温泉に入らせてもらえますでしょうか」

「かしこまりました。それではこちらにどうぞ」

御者に馬車を停める場所を伝え、貴族と執事さんと護衛の人たちを案内する。

「……ほう、安物のイスの割には中々座り心地がよいな」

貴族はそう口にした。

……一言余計だな。金貨一枚くらいのよいアウトドアチェアなんだが、それでもこの世界の貴族にとっては安物に映るらしい。

「それではこちらがメニューとなります」

「ふむ、何やら安っぽい料理ばかりだな。まあ、私は噂に聞いているワインと温泉とやらが楽しめればそれでよい。赤ワインと今日のおすすめのアヒージョ、チーズを持ってまいれ」

「……赤ワインとアヒージョ、チーズの盛り合わせですね。少々お待ちください」

いちいち上から目線だな。まあいい、ブラック企業で鍛えられた俺のメンタルはこれくらいで傷付きはしない。

執事さんからお金をもらった上で、急いで管理棟に戻り、料理を作る。

でき上がった料理を運び、テーブルの上に並べた。

「お待たせいたしました。ご注文の赤ワインとアヒージョ、チーズの盛り合わせでございます」

「おい」

「はっ！　失礼致します」

執事さんが酒や料理を自らの懐から取り出した皿と小さな盃に分け、少しずつ検分しながら口に運んでいく。

毒見か。まあ貴族のお偉いさんなら、当然といえば当然か。

「……旦那様。問題ございません」

執事さんはそう口にして、ワインをグラスに注いでいく。

「ふむ、グラスはかなりよい物を使っておるな。どれどれ……」

貴族は、ゆっくりと赤ワインを飲み、目を見開く。

「ほお、この香り、この味わい！　雑味もなく豊か……柔らかな甘味と爽やかな渋味を感じる！

確かにこれは見事なワインだ！」

……安物のワインをそこまで褒められるとは思わなかった。まあ元の世界のワインは、安物でも品種改良されたブドウを使っていて普通に美味しいからな。

続いて貴族はアヒージョを口に運ぶ。

そして一瞬身を震わせたかと思うと、今度はチーズを次々食べる。

「このアヒージョとやら、上質なオイルと、香辛料をふんだんに使っておるな。それにチーズも、どれも見たことがない種類ばかりだ。どちらもこの最上のワインとよく合うではないか！」

「お褒めにあずかり光栄です」

さすが貴族様、結構な食通みたいだ。どうにか酒や料理には満足してくれたようだな。

とりあえず、酒と料理がまずくて怒り出すようなことがなくてよかったよ。

相手が貴族というだけでいちいち緊張してしまう。

食事を終えると、貴族は満足げな顔で口元を拭き、聞いてくる。

「ふう。中々に美味であったぞ。そこの……名をなんと申したか？」

「はい、ユウスケと申します。このキャンプ場の責任者をしております」

「ユウスケとやら、このワインと料理、噂通り見事なでき栄えであった。褒めて遣わす」

「はい、ありがとうございます」

「それでは温泉とやらに案内せい」

「こちらになります」

どうやら以前会った貴族とは違って、そこそこまともな人らしい。

ナチュラルに庶民や亜人を見下しているだけ……ちょっと嫌だけど、追い出すほどではない感じだ。

なんて思っていたんだが——

「なんだと、貴族専用の風呂がないだと！」

「はい、大変申し訳ございません。湯量に限界があるため、個人用の風呂はご用意できず……」

「貴様、私に平民どもが入った湯と同じ湯に入れと申すのか!?」

……前言撤回。やっぱお客さんとして受け入れられそうにないわ。

「大変申し訳ございません」

「……ちっ、もうよい。その湯で我慢してやる。さっさと中にいる平民どもを叩き出せ！」

うわっほ〜い！　やっぱ貴族って無茶苦茶言うな。なんだろう、自分を中心に世界が回っているとでも思っているのかな。

「申し訳ありませんが、そちらもできかねます」

「ききき、貴様！　私を誰だと思っている！　ルーペット＝ランドル子爵とは私のことであるぞ！」

いや知らねえよ！

子爵ってなんだっけな。確か男爵の一つ上の位だっけか？

とはいえ話を拗らせたくはないので一応謝っておく。

「はあ、申し訳ございません」

「これだから平民どもは嫌なのだ！」

「旦那様、隣の湯を確認しましたところ、そちらには誰もおりませんでした。湯船は少し狭くなっておりますが、こちらではいかがでしょうか？」

「……ちっ、しょうがない。この際小さい湯で我慢してやるから、早く確保してこい」

「…………」

混浴用の浴槽のことか。こちらの湯にはほとんどの時間帯、人がいない。

たまに男湯が混む時に、男が利用することがあるかなーってくらいだ。

確かに今は誰もいないし、混浴をこの貴族が使っている間だけ封鎖することは可能だ。しかし、一度許してしまえば次回以降もそれを要求してくるだろうし、他の貴族もそれを要求してくるに違いない。

元の世界の客商売でもそうだが、一度決めたことは譲ってはならない。

混浴をやめて貴族専用風呂にする？　俺にそんな選択肢はない！

「大変申し訳ございません。こちらの混浴でも他に使用したいお客様がいらっしゃるかもしれません。その場合は我慢していただくことになりますが……構いませんか？」

「ななな、なんだと！　貴様、こちらが優しくしておれば、つけあがりおって！」

これで優しいのかよ！

「はあ、はあ。もういい、二度とこんな場所には来るか！　このことは貴族中にふれ回ってやるからな！」

おお、それは願ってもない！　こちらからお願いしたいくらいだ。

「ご期待に沿えず、申し訳ございません」

「……本来ならば不敬罪で叩っ斬ってやるところだが、あのワインと料理に免じて許してやる。おい、あのワインと料理に使っていた香辛料を屋敷まで定期的に届けろ！　心配せずとも金なら払ってやる、それくらいならできるだろ。おい、さっさと帰るぞ！」

言いたい放題言って護衛や執事さんと帰ろうとするランドル子爵。

俺はその背中に言う。

「申し訳ありませんが、それもできかねます。当キャンプ場で提供するお酒や香辛料は、他では販売しておりません」

ピタッと貴族の足が止まる。振り返ったその顔には、最早怒りを通り越した表情があった。

「……もうよい。不敬罪で貴様を街まで連行する。貴様もこの場所も終わりだ。おい、さっさとこの罪人を捕まえろ」

「「はっ！」」

護衛の武装した五人が俺に迫る。そして一人の男が俺の手を掴もうと手を伸ばした。

「なに⁉」

しかしその手は結界に阻まれ、俺に届くことはない。

いつもの警告が現れたので、俺は即座に『はい』を選択する。

「なっ⁉」

「なんだと⁉」

俺を拘束しようとしていた護衛が姿を消した。

結界の能力でキャンプ場の入り口まで強制的に転移させたのだ。

そしてそのまま、結界内への出入りを禁じた。

「き、貴様、何をした！」

「貴様、魔法使いか！」

護衛が一人消えたことにより、残りの四人が一斉に俺に向かって飛びかかってくる。中には剣を

抜いてくる者もいたが、やはりそれも俺には届かない。

先ほどの護衛と同様にキャンプ場の入り口まで転移させる。

……怖かったあ!!

結界があるとわかっていても本気で怖かった。こちとら元普通のサラリーマンだぞ！　武装された五人に囲まれた経験なんてない。しかも一人は剣まで向けてきやがって！

「んなっ、貴様一体何をした！」

「だ、旦那様、私の後ろに！」

残るは貴族と執事さんだけ。

「ソニア、まだストップだ！」

「はい」

当たり前だが、こんなに大騒ぎになって他のみんなが気付かないわけがない。弓を構えたソニアが来てくれた。

「ま、まさかAランク冒険者の黒妖(こくよう)の射手(しゃしゅ)!?　な、なぜこんなところに!?」

いつの間にかどこかに隠し持っていたレイピアのような武器を構えて、俺とソニアの前に立ちはだかる執事さん。どうやらこの人はソニアのことを知っているらしい。

「お、おい貴様！　貴族に手を出して、ただで済むと思っているのか！」

「先に手を出してきたのはそっちだ。それに死体も残さずさっきの護衛のように全員消せば、俺がやったという証拠は残らない」

「ひいっ！」

まあ実際には消したわけじゃなくて、入り口まで飛ばしただけなんだけどな。傍から見たら俺が一瞬で護衛を消したように見えるから、脅すだけで退いてもらえたらいいなー。

「や、屋敷の者にはここに来ることを伝えておりますので、我々がここで消えたことはわかってしまいます。ど、どうかお許しください！」

執事さんが武器を地面に捨て、両手を上げて降参の意思を見せる。結界とAランク冒険者のソニアが相手では勝ち目がないことを悟ったのだろう。

「ならばまずはそこをどきなさい」

ソニアがそう言うと、執事さんはスッと横にずれる。

どうやらこの執事さん、あまりこの貴族に対する忠誠心は持っていないらしい。

「なっ⁉　おい貴様、私を守らんか！」

さて、この貴族はどうするかな。

「ソニア、どうしたらいいと思う？」

「そうですね、このまま街に戻しても面倒なだけだと思いますよ。また何かこのキャンプ場に嫌がらせをしてくる可能性もありますからね。このまま近くの山に埋めるのがよいかと思います。たとえ調査が来たとしても、死体が出てこなければ、ここに来るまでの道中で盗賊か魔物にやられたと判断されるでしょうね」

「ひい!? た、頼む、私が悪かった！　もう二度とここには関わらない、だから命だけはどうか助けてくれ！」

相変わらずサラッと恐ろしいことを言うソニアに、恥も外聞も捨てて手を合わせて懇願する貴族。

いや、さすがにこれは脅しだろう。これだけ言っておけば、こいつらももう二度とこのキャンプ場にちょっかいは出してこないに違いない。……脅しだよね？

こんなやつであっても、人殺しはしたくないというのが率直な心情だ。

そしてたぶんこの件について、例の男はノータッチだろう。もし何か入れ知恵をされていたとしたら、さすがにこの状況でこいつが『例の男に唆された』と喋らないはずがないからな。

「ランドル子爵と言ったな。お前の名前と顔は覚えた。一度だけ見逃してやる。次にこのキャンプ場に現れたり何かしようとしたりしたら、さっきの護衛みたいに消してやる！　それと今日のことを誰かに喋ったり、今回のように相手が平民だからといって横柄な態度をとっても同様だ！　護衛のやつらはキャンプ場の入り口に戻してやった。さっさとそいつらを連れて出ていけ！」

「ひいいいいい！」

もちろん結界には人を消したり出したりする能力なんてない。ただのハッタリだが、こいつらには効果覿面だったようで、ランドル子爵とその執事さんは一目散に逃げていったようだ。

護衛に聞いたら嘘は露見するだろうが、それでも俺らをここまで恐れているならば、あえてちょっかいはかけてこないだろう。

「さすがにあそこまで怯えていたら、もうこちらには手を出してこないでしょうね」

ソニアの言葉に対して、俺は口の端を曲げる。

「そうだといいんだけどな」

「盗賊ならともかく、貴族を手をかけたとなると、いろいろとまずいですからね。あれくらいでちょうどよかったと思いますよ」

「なんだ、やっぱりさっきの山に埋めるというのはただの脅しだったのか」

「いえ？　面倒とはいえ、最悪そうなってもいいとは思っていました」

「マジで!?」

俺が本気で驚くと、ソニアはふっと笑う。

「冗談ですよ。どちらにせよユウスケが殺せという命令を出せるわけがないと思っていましたからね」

「……さいですか」

いろいろと見透かされていたらしい。

遠くから、サリアの声がする。

「ユウスケさん、大丈夫ですか!?」

「ああ。大丈夫だ、サリア。心配をかけたな」

他の従業員やお客さんにもだいぶ心配をかけてしまったようだ。やはり貴族なんてロクなやつがいない。

名前はランドル子爵といったか。

彼だけでなく、入り口に貴族お断りの張り紙でも出しておこうかと本気で迷うところだ。

第十話　従業員の面接

翌日、俺とソニアとサリアは街に向かっていた。

「ああ〜、やっぱり荷馬車が欲しいな」

「ユウスケは相変わらず体力がないですね」

「ふふ、でもいい運動になりますよ」

これから街の冒険者ギルドに行って従業員の面接だ。

数人は来てくれているといいんだけどなあ。

「運動ねえ〜。むしろ前より動き回っているから、体力が付いた気がするよ」

俺がそう言うと、ソニアは眉を顰める。

「忙しいとはいえ、さすがに冒険者をしていた頃より運動量は減りましたね」

「まあさすがにそうだろうな。……というか大丈夫か？　運動量が減っているのに食事は今まで以上に食べているし、太ってしまうんじゃ……って、痛い!?」

パシン！

頭に衝撃が走った。

結界の能力はキャンプ場に固定してあるから、今の俺は完全に無防備な状態だ。

そんな状態で殴られたら、当然痛い。

「おまっ!?　いきなり何すんだ!?」

「ユウスケにはデリカシーという物がないのですか。乙女にそんなことを言う物ではありませんよ」

「いや誰が乙女だよ……って、痛い!?」

また頭を叩かれた。

今回は警戒していたのに全くソニアの手が見えなかった。速過ぎるだろ……

「バカユウスケ……」

「……ユウスケさん、さすがにデリカシーがなさ過ぎると思いますよ」

「えっ!?　今の俺が悪いの？」

サリアにまでそんなことを言われた。

いや、確かに後半の乙女発言に突っ込んだのは悪かったけれど、前半はちゃんとソニアのことを心配しての発言だった。

だってソニアは俺よりもよく食べるし、暇な時間はリクライニングチェアに座って漫画を読んでいるだけだからな。

そのあとしばらくしてもソニアの機嫌は直らなかった。

さすがにこの状態の中、料理やケーキで機嫌を直そうとするのは難しいだろう。

とりあえずソニアの機嫌のことは置いておいて、冒険者ギルドへと向かう。

「つーわけで、バリバリ働くんで、マジよろしくお願いしやす！」

「……あ、はい。それでは結果を一時間半後にお伝えしますので、お手数ですがまた冒険者ギルドまでお越しください」

「うす！」

男が部屋から出ていく。

ちなみに、今いる部屋は冒険者ギルドの一室。面接用に二時間貸してもらった形だ。

面接を希望してくれたのは三人。そのうちのトップバッターが今の男だったわけだが……

「……どう思う？」

「完全に仕事をなめていますね。とてもまともに接客ができるとは思えません」

う～ん、いつも通りソニアは辛辣だと言いたいところだが、正直な話、俺も同意見だ。

「ええ～と、ちょっと仲良くできるか自信がないです……」

この世界には筆記試験や履歴書なんて物はないので、全て面接で採用するかどうかを決めなければならない。

一緒に働く従業員ということもあって、ソニアとサリアにも面接に同席してもらっている。

ちなみに公私はしっかり分けるということなのか、面接中に限りソニアは普通に接してくれる。

この男性は十代後半の若者で、以前は冒険者をしており、乗馬の経験や馬車も何度か操縦したことがあるという。

その点については問題なさそうなのだが、冒険者を辞めた理由は『Dランク冒険者にまで上がったはいいが、これじゃないと感じたから』なんていう漠然とした物。加えて、今回の志望動機は『住み込みまかない付きで楽そうだから』だと言っていた。

「冒険者よりは楽で安全な仕事であることは間違いないかもしれないけど、さすがにあの態度で接客業は厳しそうかな。まあ、正直なところだけは評価できるが」

「それと面接中にサリアの胸ばかり見ていました。さすがにそんな男と一緒に働くのはサリアもごめんでしょうね」

「あはは……そうですね……」

……そう、さっきの男は面接中なのにサリアのほうばかり見ていた。視線のほうも正直過ぎたんだよなあ。男として大きな胸に目がいってしまうのはわかるが、面接中くらいは自重しようぜ……

「ま、まあ、次の希望者は女性だからそんなことはないと思うぞ！　それじゃあ次の人を呼んでくるな」

「はい、やっぱり女性だと危険もあってどうしても冒険者を続けるのは難しいと思いました。心機一転、職を変えて出直したいと思って今回、応募させていただいたんです。接客業は初めてですが、頑張りたいと思います！」

二人目は二十代前半くらいの女性冒険者だ。この人は先ほどの男よりも上のCランク冒険者で戦闘経験もあり、馬車も操縦できる。

さっきの人と違って志望動機も問題ないし、接客業は初めてとの話だったが、愛想がいいのでしっかり働けそうだ。

それにソニアやサリアまでとはいかないが、十分に綺麗なのもいい。

「住み込みで働いてもらうことになりますが、その点は大丈夫ですか？」

「はい、今は独身でお付き合いしている男性もいないので問題ないです」

おっ、しかもフリーなのか。

彼氏や旦那さんがいた場合、住み込みの許可が出たところでちょっと厄介なことになりそうで怖い。それを考えても、これはもう採用決定でいいかもしれない。

「最後に何か質問はありますか？」

「はい。えっと、キャンプ場には温泉があるっていうのは本当ですか？」

おっ、うちのキャンプ場に温泉ができたことは結構噂になっているのかな。

「ええ。従業員は毎日入ることができます」

「それは素晴らしいですね！　……えっとちなみに、ユウスケさんはご結婚されていらっしゃるのですか？」

「ん？　いえ、俺もお付き合いしている女性はいないですけれど」

「そうなんですね！　ユウスケさんは格好いいのにとても意外ですわ！　若くして宿泊施設を経営されているのに……今まで出会った女性はあまり見る目がないのですね！」

「あ、いえ、そんな立派な者でもないですよ」

「「…………」」

なんでだろう、なぜか俺がベタ褒めされている。そしてソニアとサリアがこちらをジト目で見てくる。

そんなに持ち上げなくても、採用はほぼ決定なんだけどな。

お世辞とわかっていても女性に褒められるのは嬉しいけどさ。

「それでは結果を一時間後にお伝えしますので、お手数ですがもう一度冒険者ギルドまでお越しください」

「はい。ユウスケさん、よろしくお願いしますね！」

うん、もう彼女は採用でいいだろう。

「ちなみに、あまり関係のない話ですが、当キャンプ場には金貨千枚以上の借金がございますよ」

彼女がドアに手をかけた瞬間、ソニアが爆弾を放り込んだ。

面接に来てくれた女性は「金貨千枚⁉」と口にして、固まってしまった。

「ちょっ、ソニア⁉」

え、なんでそんなこと言うの。別に今それを言う必要はないだろ⁉

「え、えっと、ユウスケさん。今のお話は本当なんですか？」

「あ、はい。温泉を掘る時に知人にお金を借りました。でも、借金で従業員に迷惑をかけるようなことは絶対にないですよ！」

「そ、そうなんですね。……すみません、やっぱりこの話はなかったことにしてください。それでは失礼します」

「えっ⁉　ちょ、ちょっと！」

バタンッ！

いきなり部屋を飛び出していってしまったぞ。

別に借金があることは従業員には関係ないのに……

「ソニア、なんであんな変なことを言ったんだよ？」

「……はあ。まだ気付いてないのですね。彼女の目的はお金ですよ」

「えっ⁉　お金？」

「最初は安全な場所で働きながら、お金持ちのお客さんでも探して玉の輿に乗ろうとでも思っていたのでしょうね。ただ、温泉のある宿泊施設を経営してお金を持っていそうなユウスケが結婚していないことがわかってから、ユウスケにアプローチし始めた。しかし、借金がある駄目人間だとわかって撤退したってところでしょうね」

「…………………」

なにそれ……

あの優しそうな笑顔も全部演技だったの？　確かにうちのキャンプ場に来る人は経済的に余裕のあるお客さんが多いけど、玉の輿狙いって……女って本当に怖い……

あと駄目人間は余計だ！

「次が最後の一人か……まずいなあ、この人がダメだったら今週もまた五人で乗り切らないといけなくなるぞ……」

さっきの女性は辞退したし、一人目のチャラい男性は微妙だし厳しいな。

「まあ変な従業員が加わるよりはマシですけどね。さっきみたく、また金目当ての女性に騙されないようにしてくださいよ」

「……返す言葉もないです」

「ユ、ユウスケさん、元気を出してください！」

くそっ、早く忘れたいのに思い出させないでほしい。

そんな中、サリアの優しさが身に沁みるぜ……

そうだよな、物騒な世界だし、悪いことを考えている人が来ても不思議じゃない。俺も改めて気を引き締めよう。

「それじゃあ、最後の一人を呼んでくるよ」


「初めましてアルジャと申します。年は三十五です」

最後の一人はネコ獣人の男性だった。キャンプ場によく来てくれる犬の獣人であるランドさんは結構毛深い感じだったけれど、アルジャさんはほとんど人族に近い。頭の上に茶色いネコミミが付いていなければ、そうとわからないくらいだ。

細い割に筋肉質で、立派なアゴ髭を生やしているシブいナイスミドル。

中々好印象だ。

「ユウスケと申します。まずは前職を教えてください」

「前職は冒険者をしておりました。ランクはBでした。冒険者をしていたころに、御者もしておりましたね」

「Bランク!?　それはすごいですね！」

前にソニアに聞いた話だが、Bランク以上の冒険者は、かなり数が少ない。

Cランクと Bランクの冒険者の間には大きな壁があるらしい。

また、少なくともBランク冒険者になれば、お金に困らない程度の稼ぎがあることの証明になるんだとか。

逆に言うと、それだけ冒険者として成功したのに、なぜ冒険者を辞めてわざわざうちのキャンプ場で働こうとしているのかは気になるところである。

……さっきの女性みたいに、何か別の目的があるのではと疑ってしまうな。

「次は冒険者を辞めた理由と、志望動機を教えてください」

「私には妻と娘がおりました。しかし妻は病に侵され、つい先日死別しました。男手一人で娘を育てていくとなると、家を長く空けねばならぬ冒険者を続けていけないのでは、と」

アルジャさんは神妙な面持ちで続ける。

「それに体力の衰え(おとろ)もありますし、万が一私が死んでしまった際に、娘を一人にしてしまうことだけは避けたいのです。こちらの仕事でしたら命の危険はないとのことでしたし、娘との時間も長く取れます。そういうわけで、労働環境がよかったから、というのが志望動機になります」

「…………」

ものすごくまともな退職理由と志望動機だった。

むしろアルジャさんを疑ってしまって、とても申し訳ない気持ちになってきた。

元Bランク冒険者で馬車の操縦もできるし、言葉遣いも丁寧だから、接客もできそうだ。

さっきみたいなこともあるし、ソニアとサリアの意見も聞いてみないとなんとも言えないが。

「最後にそちらから、何か質問はありますか？」

「住み込みが可能ということですが、娘も一緒に住まわせていただくことはできないでしょうか。

手前勝手で申し訳ないのですが、一人にしておきたくなくて……」

「ええ、娘さんには日中部屋で過ごしていただいても構いません。なんだったら料理の手伝いとかをしてもらえれば、多少の給金も出せますよ」

「なるほど！ それはとても助かります。もし雇っていただけるようでしたら、娘に相談してもよいでしょうか？」

「はい！ それでは三十分後に結果をお伝えしますので、お手数ですが後ほど冒険者ギルドまでお越しください」

「わかりました。よろしくお願いします」

アルジャさんの足音がしなくなってから、俺は口を開く。

「俺は問題ないと思ったけど、ソニアとサリアはどう思う？」

「ええ、彼なら問題ないと思いますよ。嘘をついていそうな様子もなかったですし、ここの冒険者ギルドで何度か見かけたこともありました」

そうか、そういえばソニアもここの冒険者ギルドで活動していたもんな。

「優しそうな人でしたし、言葉遣いも丁寧でしたから、接客も大丈夫だと思います」

それからもう少しだけ話し合い、満場一致でアルジャさんを採用することに決まった。

よし、これでキャンプ場の従業員が、一人増えることになった。

いや、アルジャさんの娘さんが働いてくれるなら一・五人って感じか？

今回はアルジャさんだけ採用し、一週間ほど様子を見てまだ人手が足りないようだったら、改めて従業員を募集するとしよう。


そのあと、一人目の男性に落選した旨を伝えた。

それほど悲しんでいるようには見えなかったから、そこまで本気で働きたいわけではなかったのかもしれない。

続いて、アルジャさんに「ぜひともうちで働いてほしい」と伝える。

彼はほっとした表情で「これからよろしくお願いします」と頭を下げてくれた。

アルジャさんは娘さんを宿に迎えに行かねばならないとのことだったので、俺らはその間、市場で買い物をした。

それから待ち合わせ場所である街の入り口に向かう。

「は、初めまして、アルエといいます。こ、これからよろしくお願いしますニャ！」

市場での買い物が無事に終わり、街の入り口でアルジャさんとその娘――アルエちゃんと合流した。

見たところ、小学校三、四年生くらいって感じか。可愛らしい。

アルジャさんと同じでほとんど人族と変わらない容姿だが、やはり頭には茶色のネコミミが付いていて、ズボンの後ろで茶色と黒の縞々(しましま)の尻尾がユラユラと揺れている。

「お待たせしました、ユウスケ様。皆様、これからどうぞよろしくお願いします」

アルジャさんはそう口にして、腰を折る。

「ユウスケでいいですよ、俺もアルジャと呼ばせてもらいますから。こちらこそ、これからよろしくお願いします。アルエちゃんもよろしくね！」

「は、はい、ユウスケお兄ちゃん！」

「…………」

お兄ちゃん……なんて素晴らしい響きだ。

元の世界では弟はいたけれど妹はいなかったからな。

妹がいたらこんな感じで、キュートにお兄ちゃんと呼んでくれたのだろうか。

「……まったく、子供相手に何をデレデレしているのですか。ソニアと申します。ソニアって呼んでください。アルジャ、アルエちゃん、こちらこそよろしくお願いしますね」

「サリアです。私も呼び捨てにしてください！　アルジャさん、アルエちゃん、よろしくお願いします」

「ソニア、サリア、どうぞよろしくお願いします」

「ソニアお姉ちゃん、サリアお姉ちゃん、よろしくお願いしますニャ！」

「……可愛い！」

「……可愛いです！」

ソニアもサリアも人のことを言えないくらいデレデレになっているぞ。

確かにネコミミのこんな可愛い女の子にお姉ちゃん呼びをされたら、女性でもまいってしまうだろうな。

俺は咳ばらいをして、口を開く。

「それじゃあ、キャンプ場へ向かおう」

そうしてキャンプ場までの道を歩き始めて十分ぐらいしてから、アルジャは口を開く。

「面接の時にもしやと思いましたが、やはりソニアは黒妖の射手だったのですね。冒険者を一時休業していると聞いておりましたが、まさか宿泊施設で働いているとは思ってもいませんでした」

「キャンプ場へ行けばアルジャも納得すると思いますよ。他では味わえない美味しい料理に美味しいお酒、見たこともない本があります。働いている時間以外もとても快適に過ごせますよ。アルエちゃん、疲れたらおんぶしますから、いつでも言ってくださいね！」

「まだ大丈夫ですニャ！」

……既にソニアがアルエちゃんにデレデレである。

ソニアは意外と子供好きなんだな。まあ、あれだけ可愛い子だったらソニアでなくても甘やかしてしまいそうだ。

アルエちゃんのお陰で、いつの間にかソニアの機嫌も直っていたから助かったよ。

キャンプ場に戻ったら子供が好きそうなケーキでも出してあげるとしよう。

……俺もついつい甘やかしてしまいそうだな。


「さあ着いたぞ。ようこそイーストビレッジキャンプ場へ」

「うわあ～お父さん、とっても大きいニャ！」

「ああ、街から離れたところにこんな大きな施設があるとは驚きました……」

街から二時間の道のりを歩き、キャンプ場へ到着した。アルエちゃんもソニアに頼ることなく最後まで自分の力で歩いていた。

街からこのキャンプ場までの道のりは、普通の女の子からしてみれば中々過酷だと思う。

もしかしたら、獣人は人族より体力があるのかもしれない。

「ユウスケさん、おかえりなさい」

「おかえり」

「イドもウドも留守番ありがとう。今日から一緒にキャンプ場で働いてくれるアルジャとアルエちゃんだ」

「イドです、よろしくお願いします」

「ウドだ、よろしく頼む」

アルジャとアルエちゃんにはここに来る道のりで、イドとウドは亜人であると伝えてある。

二人とも特に気にしている様子はない。

「アルジャと申します。こちらでお世話になります、どうぞよろしくお願いします」

「イドお姉ちゃん、ウドお兄ちゃん、よろしくお願いしますニャ」

そういえば今更ながら、このキャンプ場で人族って俺だけなんだよな。全然気にしていなかったけど。

「それじゃあ仕事は後で教えるとして、まずはこのキャンプ場を案内するよ。とりあえず二人の部屋からだな」

先日温泉施設を作るのと一緒に増築してもらった従業員部屋が、もう埋まってしまった。

新たに従業員を増やすのなら、また大親方たちに頼んで管理棟を更に増設してもらわなくてはいけないな。

こんなことなら、この間もっと余分に部屋を作っておいてもらうんだったぜ。

二人に部屋で少し休んでもらってから、このキャンプ場の施設を案内していく。

温泉があることはアルジャも知っていたようだが、実物を見たら驚いていた。

たぶんあとで実際に入ったらもっと驚くと思うぞ。

それからこのキャンプ場の結界についても説明しておいた。効果を試すために恒例の攻撃してもらう件もやったが、やはり元Bランク冒険者のアルジャの全力の攻撃でも結界を破ることはできなかった。

アルジャの武器は短刀で、素早い動きで敵を翻弄しつつパワーで押す、近接戦闘が得意なようだ。そして、獣人は魔法が苦手らしいのだが、その分身体能力は普通の人族よりも高いらしい。

ソニア一人でも十分だったのだが、更に戦力が増強された。

まあ戦力なんて、この前みたいに盗賊が来た時くらいしか使わないけどな。


「それじゃあアルジャ、アルエちゃん、これからよろしくね。乾杯‼」

「「「乾杯！」」」

アルジャとアルエちゃんが加わって、このキャンプ場の従業員は女性が四人、男性が三人の合計七人となった。

キャンプ場の施設を二人に案内したあとは、このキャンプ場の温泉を楽しんでもらった。

そして今は野外でバーベキューである。

最初にバーベキューを知ってもらえば、よりここを好きになってもらえるだろうし、従業員同士も仲良くなれそうだからな。

「おお！　このビールというお酒はとても美味しいですね！」

「俺の故郷の酒なんだよ、アルジャ。この酒を目当てにここまで来てくれるお客さんも結構いるんだ」

「日本酒という酒も美味いぞ。独特だが芳醇(ほうじゅん)な香りと、雑味の少ないスッキリとした味わいが特徴だ」

ウドは最近、日本酒にハマっている。

元の世界でも日本酒は海外で評価されていたから、この異世界の人たちに受け入れられていても確かに不思議ではないか。

「せっかくだから、このキャンプ場で出しているいろんな酒を味わってみてくれ。まあ明日からは仕事を教えるからほどほどにな。ここの酒は街にある酒より酒精の強い物が多いから購入制限を設けているんだ」

キャンプ場オープン初日の失敗をまた繰り返すわけにはいかない。

そんな思いを込めた俺のお願いに対して、アルジャはしっかり頷いてくれた。

「わかりました、気を付けますね。それにしてもこのバーベキューという料理も素晴らしいです。大勢で楽しむのに最適ですよね。この甘辛いタレがどの食材にも合っていて、本当に美味しい。多少街から離れていても、ここのお酒や料理を楽しみに来るお客さんの気持ちがよくわかります」

「嬉しいことを言ってくれるな。さあ、二人の歓迎会なんだから、二人とも好きなだけ食べてくれよ」

「はい、いただきます」

「アルエちゃん、お肉が焼けているよ」

「うわあ、イドお姉ちゃん、ありがとうニャ！」

「こっちの野菜も取ってあげるね」

向こうではイドがアルエちゃんの分の肉や野菜を取ってあげている。

このバーベキュー台は少し高いから、アルエちゃんは奥のほうまで手が届かないんだよな。

……見ているだけでなんだか微笑ましい。

俺だけではなく、ソニアやサリアもこの光景を微笑ましそうに見ている。

「アルエちゃんはこの中だとどれが一番好きかな？」

「ええ〜と、このお肉が一番美味しいニャ！」

……なにこの可愛い笑顔。このくらいの年齢の女の子の笑顔って本当に可愛い……おっと、別に俺はロリコンではない。

俺は彼女たちのところへ行き、声をかける。

「好きなだけ食べていいからな。イドはだいぶ食べられるようになってきたみたいでよかったよ」

「はい！　最近びっくりするくらい体調がいいです！」

出会った当初とは比べようもないくらい顔色もよくなってきているし、食欲も出てみんなと同じくらい食べられるようになった。

やっぱり栄養失調とかだったのかな？　でもこんなにすぐに治る物なのか。もしかしたら、温泉のお陰という可能性もあるか。

水の精霊が、疲労回復の効果があると教えてくれたって、オブリさんが言っていたし。

まあ理由はどうであれ、快方に向かっているならそれでいい。

そう思っていると、ソニアが肩を突(つつ)いてきた。

「ユウスケ、久しぶりにマシュマロを出してくれませんか？」

「マシュマロか。もちろんいいぞ……いや待て、せっかくならあれもやってみるか。とりあえずマシュマロを出すから先に食べていてくれ。ただ、その前に市場で買った果物を出してほしい」

ストアでマシュマロを一袋だけ購入してソニアに渡す。ちなみに、アルジャとアルエちゃんにも俺の故郷の物を取り寄せる能力のことは伝えてある。

みんなにマシュマロを食べてもらっている間に、俺はストアで買ったチョコレートを細かく刻み、いろんな果物を一口大にカットしていく。

陶器に刻んだチョコレートと牛乳を入れて、バーベキュー台の上に載せて加熱していく。

竹串で中をかき混ぜつつ、チョコレートが溶けるのを待って――

「さあ、できたぞ。これは『チョコフォンデュ』。チーズフォンデュのチョコレート版だな。マシュマロやカットした果物にチョコレートを付けて食べるんだ。チョコは結構熱いから、気を付けてな」

今回はこっちの世界の市場で買った果物を用意したが、果たしてどうだろうか。

「マシュマロに温かいチョコレートがコーティングされて……まさに至高の甘さですね！」

甘い物に更に甘い物を付けているわけだから、ソニアにはたまらないだろうな。

「果物にもとても合いますね！　チョコの甘味と果物の酸味がベストマッチです！」

ソニアと同じく甘い物が好きなサリアも美味しそうに食べている。

「こんなに甘い物、初めて食べたニャ！」

「先ほどのマシュマロというお菓子だけでもあれほど甘くて美味でしたが、この黒い液体を付けると更にすごいです！」

アルエちゃんもアルジャも、下手したらバーベキューより気に入っているんじゃないかってくらいの反応を見せてくれた。この世界だと甘い物は希少だしな。

さあ、明日からはアルジャに仕事を教えて、アルエちゃんにもできる仕事があるか探してみるとしよう。

◆　◇　◆

「「いらっしゃいませ、ようこそイーストビレッジキャンプ場へ！」」

「おう、また来たぞ。なんじゃ、また従業員を増やしたのか？」

今週もダルガたちドワーフのみんながキャンプ場に一番乗りだった。みんなに二人を紹介する。

「ああ、新しい従業員のアルジャとアルエちゃんだ」

「アルジャと申します、よろしくお願いします」

「ア、アルエといいますニャ！　よ、よろしくおにゃがいしますニャ！」

「「「…………」」」

……緊張し過ぎて噛んでしまったアルエちゃん。

でもそんなところも可愛くて、なんだか癒される。

大親方たちも微笑ましくアルエちゃんを見ている。

昨日からはアルジャに仕事を教えているが、言葉遣いも丁寧だし、すぐに仕事を覚えてくれた。

ウドがここに来た時と同じで、この一週間は誰かと一緒に接客をしてもらうが、すぐに慣れるだろうな。

アルジャは男の俺から見ても渋くてダンディだから、執事服がよく似合う。

ネコミミがあっても、アゴ髭の生えた熟年男性って格好いいんだな。

ウドと一緒でマダムやお嬢様とかに人気が出そうだ。……まあどちらも、まだこのキャンプ場に来たことはないんだけど。

アルエちゃんは一人で部屋や食堂で仕事が終わるまで待っているよりは、何か手伝いたいと言ってくれたので、アルジャと相談して従業員見習いにすることにした。

重いテントやイスや料理などは一人では持てないので、他の従業員がちょっとだけ手伝ってほしい……みたいな時に手を貸してもらったり、管理棟で食事の注文を受けてもらったりする予定だ。

その代わり、給料は普通の従業員の半分だ。

アルジャからは部屋と食事を用意してもらえるだけで十分だと言われたのだが、忙しい昼食時や夕食時に注文をとってくれるだけでも大助かりだからな。

というわけで、早速アルエちゃんに手伝ってもらいつつ、料理や酒を運んできた。

「お待たせしました。先に缶ビール八本と唐揚げ、フライドポテトだ。残りの料理はこのあとすぐに持ってくるよ」

「ですニャ！」

「おうこれこれ！　ここに来たらまずは揚げ物とビールに限るわい！」

「最近では休みの二日間飲めないだけでも辛いからのう」

そんな風にはしゃぐダルガとアーロさん。

アルエちゃんはまだ緊張しているようだが、大親方たちなら、仮にアルエちゃんが何か粗相をしても笑って許してくれるだろう。

ちなみに、アルエちゃんもこのキャンプ場の制服であるメイド服を着ている。元の世界だったら一部の人たちが『リアルネコミミ美少女メイドキター！』とか歓喜しそうな可愛さである。

「ど、どうぞですニャ」

ギリギリ届かないのか、背伸びをしてテーブルの真ん中に料理を置こうとしている姿がこれまた微笑ましい。

「おう、ありがとう。儂のところの娘も小さい頃はアルエちゃんみたいで可愛かったのう」

「儂んところは息子だけじゃったし、孫も男の子だったから、女の子はおらんかったな。でも、女の子も可愛らしくてええのう」

セオドさんに娘さんがいて、アーロさんには息子さんどころか孫までいるだと……初耳なんだが。

「お腹は空いておらんか？　ほれ、一つどうじゃ？」

「えっ!?　え〜と……」

セオドさんが唐揚げの載った皿をアルエちゃんの前に差し出している。

「お客さんがあげるって言ってくれた時は、一つくらいならもらっちゃってもいいよ」

本当はあまりよくないんだろうけど、そこまで細かいことを言うつもりもない。

「はい、ありがとうございますニャ！　……!?　サクサクしててとっても美味しいニャ！」

満面の笑顔で、美味しそうに唐揚げを頬張るアルエちゃん。

「そうか、そうか！　ほれ、もう一つ食べるとええ！」

「こっちのフライドポテトも美味いぞ！」

「他の料理もあげるからのう！」

「ふえ!?　えっと……あの……」

セオドさん、ダルガ、アーロさんが次々とアルエちゃんに食べ物を与えようとしている。

「お昼ご飯のまかないもあるんだから、あんまりアルエちゃんを困らせるなよな。あと料理をあげるくらいならいいけど、絶対に酒は飲ませるなよ」

「「「飲ませるか!!」」」

いくら大親方たちとはいえ、それはないか。

……いや、酒については信用できないから、念には念を入れて一応言っておかないと。子供の頃から酒を飲んで育ったとダルガが言っていたのを覚えているしな!

とりあえず、アルエちゃんにも問題なくこのキャンプ場を受け入れてもらえそうだ。

ソニアやサリアとは違った方向で人気が出そうな気もする。

◆　◇　◆

アルジャとアルエちゃんが働き始めてから今日で五日目。

アルジャは元々アルエちゃんのご飯を作っていたらしく、料理も接客も問題ないレベルでできるようになっている。来週からは一人で接客してもらっても大丈夫だろう。

ただ、アルエちゃんは人見知りらしく、初めて来るお客さんにはまだ緊張してしまうようだ。

このキャンプ場を訪れるお客さんの半数は強面(こわもて)の冒険者だから、小さなアルエちゃんが怯える気持ちもわかる。ただ、緊張していたり、噛んだりしている姿が可愛らしくて和むということで、特に年配のお客さんに可愛がられていた。

それから、従業員の人数が増えたので、昼食時の一番忙しい時間帯だけ、ソニアとサリアにキャンプ場の入り口で受付をお願いすることにした。入り口でお客さんを出迎えて、そこから案内しつつ、テントや寝袋やマットを一緒に運んでもらうようにしたほうが効率的だしな。

ちなみに、案内役がソニアとサリアなのは、このキャンプ場の利用客の約九割が男性だから。入り口で出迎えてくれるのは、メイド服を着た綺麗な女性のほうがいいもんな。

そして今、俺は、オブリさんにある話をしに来ている。

「ふ〜む、なるほどのう。まさかチーズにそれほどの種類があるとは思わなかったわい」

「とはいえ、自分も実際には作ったことがないんですけどね」

オブリさんには温泉施設を作る際にとてもお世話になった。そのお礼がしたくて、こちらの世界でも作れそうなチーズがないか、いろいろな本を買って調べてみた。その知識を共有しに来たのである。

オブリさんたちの村では牛を飼っている。その中でも仔牛を選び、四番目の胃を抽出して、そこからレンネットというチーズを固めるための酵素を手に入れているらしい。

村の牛から搾った牛乳にこれを加えて、ホエーを排出してから、その残りをプレス。水分を抜いた物を数ヶ月熟成させてようやくチーズが完成する、という流れなんだとか。

そりゃ、めったに食べることができないご馳走なわけだよ。しかも、仔牛の胃を使うわけだから、そう簡単にできる物でもない。

「比較的簡単にできそうなのはまず、ヨーグルト。そして、チーズだとモッツァレラチーズとクリームチーズとかなら作りやすいですかね……」

本当はチーズを凝固させるレンネットをストアで購入して渡せればよかったのだが、さすがに売っていなかった。確かに元の世界で売っているの、見たことないもんな。

「まずヨーグルトなんですが、これはとても簡単で、搾った牛乳に種菌となるヨーグルトを少し入れて、湯煎して四十度前後で温め続けるだけです。最後に冷やせば完成で、一度作ってしまえば、そのヨーグルトを種菌として次に作る時にも使うことができます。ちなみに、そのまま砂糖やジャムと一緒に食べても美味しいですよ。あ、種菌となるヨーグルトは俺が買って渡しますから、ご安心を」

説明してみると、継ぎ足し継ぎ足しで味を守る、老舗うなぎ屋の秘伝のタレみたいだよな。

「そして、そのヨーグルトに塩を加えて水を切るだけでクリームチーズ、ヨーグルトをオーブンで焼いて、できた物の水分を除いて冷やせばモッツァレラチーズになるみたいです」

俺も調べてみて驚いたのだが、ヨーグルトからチーズが簡単にできるらしい。言われてみれば、確かに味は似ている気がする。

「あとは仔牛の胃の代わりに、俺の故郷ではレモンという果物の果汁を使って、牛乳を固めていたみたいです。そちらもあとでヨーグルトと一緒に渡すので試してみてください。それと似たような味の果物で試してみるのもいいかもしれませんね」

牛乳とレモン汁で作れる、カッテージチーズというチーズがある。今のところ街の市場でレモンのような果物は見たことはないが、代わりになる果物があるかもしれない。

「本当にありがたいのう。これでうちの村でも手軽にチーズが楽しめるようになるかもしれん。ユウスケ殿、礼を言うわい。これはまた何かこちらからもお礼をせねばならんのう」

「いえいえ！　ここで温泉が楽しめるのはオブリさんのお陰ですからね。それにオープン祝いでいただいた魔導具も本当に助かりました。あれのお陰で魔物や動物が全く近寄ってこなくなりました。むしろこちらのほうがもっとお世話になっていますから、気を遣われると困ります！　それにオブリさんの村でできたチーズを少し食べてみたいっていう打算もあるんですから」

ニヤッとしながらそう口にすると、オブリさんは「そういうことか」と笑う。

「チーズができたら持ってくるからのう。今後も何かあったら遠慮なく儂らを頼ってくれ」

「ええ。オブリさんたちも俺に何かできることがあれば頼ってください。毎週お客さんとしても来てくれていますし、サリアのお陰でこのキャンプ場もだいぶ助かっています。お隣さん同士、助け合っていきましょう」

エルフ村とこのキャンプ場はお隣さん同士だ。今後もお互いに助け合っていければいいな。

大親方たちへのお礼も考えないとなぁ。

◆　◇　◆

アルジャとアルエちゃんがここで働いてくれるようになってから、無事に一週間が過ぎた。

今週は人手も増えて、先週の貴族みたいな面倒なお客さんも来なくて平和だったな。

日々の仕事も楽になったし、あとは借金さえ返し終われば、理想のスローライフと言ってもいいのではないだろうか？

……やっぱり、借金の存在が常に頭の片隅にちらつく。

次の週が終われば、ゲームの使用料が商業ギルドから入ってくるはずだ。あんまり期待はしていないけど借金返済の足しになってくれたらいいなぁ。

このキャンプ場の売り上げも温泉施設が追加されてからだいぶ上がってきているが、もう少し頑張りたいところ。

本当は避けたいが、状況を見て、元の世界の技術で売れる物がないかジルベールさんに相談してみるのもアリかもなぁ。

とはいえ、それ以外は本当に毎日楽しい。

今日はあいにく天気がよくなかったものの、管理棟の中でみんな一緒にトランプをして過ごした。

七人もいるといろんなゲームができるから楽しくていいな。

ちなみに、今はババ抜きをしている。

先ほど上がったばかりの、アルジャが言う。

「いやあ、これはすごい遊具ですね。これ一つでこんなにいくつものゲームで遊べるとは……」

「ちょっと前から街でも売り始めたらしいから、もう少ししたら広まっていくかもな。ちなみにアルジャは売れると思うか？」

「ええ。娯楽を求めている貴族だけでなく、冒険者にも売れると思いますよ。馬車に乗っている最中でもできそうなゲームがありましたし」

冒険者目線で見ても売れそうなら何よりだ。……おっ、揃った。

俺も上がった。

「さあアルエちゃん、どっちでしょうか？」

「うう～こっちニャ！」

「残念！　そっちはババですね！」

「ニャ～!!」

サリアとアルエちゃんの一騎討ちだ。

ババ抜きだと、だいたいポーカーフェイスができないこの二人が残っている。

まあこれまではほぼ確定でサリアが負けていたからな。いいライバルができたって感じだ。

「それにしても本当にこのキャンプ場は不思議ですが、とても素晴らしい場所ですね。それに仕事もそれほど忙しくないのは驚きでした。住み込み食事付きでお金ももらえるとなると、ほぼ一日中働かされると覚悟していましたよ」

一応冒険者ギルドに出した求人にも実働時間は書いておいたけど、信じていなかったみたいだ。まあ元の世界でも求人と違うブラック企業なんていくらでもある。

……俺が入った会社みたいにな。

「仕事が忙しくないのは、二人が入ってくれたからだよ。先週まではかなり大変だったからな。それと、忙しい時間帯にキャンプ場の入り口に受付係を配置するようにしたのも正解だったな」

実際のところ今週は先週と比べてだいぶ余裕があった。

従業員が増えたこともあるが、いろいろな作業を効率的にできるようになってきたからな。

やはり人が増えるとそれだけよいアイディアも出てくる。

「さて、そろそろ俺は晩ご飯の準備をしてくるかな」

「あ、僕も手伝いますよ」

「私も手伝います」

イドとサリアが手伝おうとしてくれる。

だけど、さっきみんなが手伝ってくれたお陰で、大変な工程は終わっている。

「さっき手伝ってもらったから、あとは俺一人で大丈夫だよ。二人ともありがとうな」

自分から手伝うと言ってくれるだけでも嬉しい物だ。どこかのダークエルフさんも見習ってほしい。まあ、普段は人並み以上に働いてくれているから全然いいんだけどな。

さて、今日の晩ご飯はダッチオーブンで作る煮込みハンバーグだ。先ほどイドとサリアに手伝ってもらいつつハンバーグのタネを作って、しばらく寝かせておいた。

外は雨なので屋外ではなく、屋根のある炊事場まで行って火を起こす。

最近では自分の好きな食べ物を持ち込んで、ここで焼いて食べる人も増えてきた。いい傾向である。

ダッチオーブンに油をひいてハンバーグを焼き始める。

最初は強火でしっかりと焼き目を付けていき、順番にひっくり返していく。

大きめのダッチオーブンだが、さすがに七人分となると中々の量で、一度では入りきらない。

一度焼き上がったハンバーグを取り出して、また新しいハンバーグを焼き始める。一人二つでも七人分だと十四個だ。イドとアルエちゃんの分は小さめにしてあるとはいえ、結構な量になる。

強火でハンバーグを焼き上げたら、火を弱くして先ほど取り出したハンバーグを戻し、トマトソースとジャガイモ、キノコ、玉ねぎなどの野菜を加えて弱火でじっくりと煮込んでいく。

肉を焼いたあとにそのままソースを入れて煮込めるのも、ダッチオーブンのよいところである。

仕上げに温泉卵とチーズを乗せて、チーズが溶けてきたところで完成だ。うむ、カロリーなんて知ったことかな飯だが、たまにはいいだろう。温泉卵とチーズのトッピングは正義である！

「あふっ⁉　あふいでふけどおいひいです！」

「ソ、ソニアさん⁉　大丈夫ですか！」

サリアが思い切りハンバーグを頬張ったソニアを心配している。

確かにハンバーグは中まで熱々である。

「ほう、これは素晴らしい！　中から肉汁が溢れてきますね！　それに野菜にもソースがとても絡んでいてとても美味しいですよ！」

「ニャニャ⁉　とっても美味しいニャ！」

アルジャとアルエちゃんはそんな風に言いつつ、煮込みハンバーグをふーふー冷ましながら食べているな。

「うむ、美味い」

「この赤いソースも、煮込まれて柔らかくなった野菜もとっても美味しいです！」

ウドもイドも幸せそうに食べているし、評判は上々みたいだな。

温泉のお陰で温泉卵が簡単にできるようになったのも大きい。

やはり休みは、こういった手間がかかってお客さんに出せない料理を作るに限る。

さあ、来週も頑張るとしよう！

第十一話　ぶっちぎりでヤバいやつ

「ユウスケさん、カレーライスとスパム丼ができました。五番サイトまでお願いします」

「了解。ありがとう、イド！」

今日のお昼の忙しい時間帯も無事に過ぎ、食事の注文も減ってきた。

ちなみに、このキャンプ場ではテントを自由な場所に張ってもらっているのだが、食事の注文を受けた時に大まかな場所を教えてもらっている。

それをこのキャンプ場の全体図と照らし合わせて場所を把握しているわけだ。

さて、お客さんに料理と水を持っていくとしよう。

「んん？」

料理と水をお盆に載せてお客さんのところへ運んでいる途中、なぜか急にあたりが暗くなった。

今日は朝からいい天気だったのにどうしてだろう。それになんか上から風が……

「んなっ……!?」

なぜか上空から風が吹いてきたので、何気なしに上を見上げてみた。

すると目に入ってきたのは――巨大なドラゴン!?

「ドドド、ドラゴン!?」

全長が三十メートル近くある巨大な体躯(たいく)。それを覆う真紅(しんく)のウロコは陽の光を反射してキラキラと光り輝いている。瞳はウロコと同じく、燃え盛る炎のような紅(くれない)に染まっている。

バサバサと大きな翼を上下に動かす度に風が巻き起こり、激しい風が吹く。

蛇(へび)に睨まれた蛙(かえる)のごとく、俺はその場所から一歩たりとも動けずにいた。

ドラゴンはゆっくりと下降して、キャンプ場に大きな地響きとともに降り立った。

「ユウスケ！」

「ユウスケさん！」

「ユウスケ殿！」

後ろからソニア、アルジャ、オブリさんの声がしてハッとする。

巨大な襲撃者の存在に気付いてすぐに駆けつけてくれたらしい。

既にソニアは弓を、アルジャは短刀を、オブリさんは杖を構えている。

そうだ、結界の能力でこいつを結界の外に……駄目だ、まだこいつは暴力行為をしていないから結界の外に追い出せない！

同様にここは結界内であるため、ソニアたちの攻撃も通らない。

落ち着け、ソニアやアルジャ、オブリさんの極大魔法をも防げる結界は、このドラゴンの攻撃もきっと防いでくれるはずだ！

『おい、人間』

「しゃ、喋った～⁉」

え、嘘、なに⁉　ドラゴンって喋れんの？

「ユウスケ、無事ですか！」

「な、なぜこんなところにドラゴンが⁉」

ソニアとアルジャが俺の前に出てくれる。

そして、俺の横にやってきたオブリさんが言う。

「人の言葉を話すことができる知能、普通のドラゴンよりも大きく、輝く真紅のウロコ……なぜ古代竜がこんなところにおるのじゃ⁉」

古代竜⁉　ぶっちぎりでヤバそうなやつがなんでこんな場所に⁉

いや待て、言葉を話せるということはコミュニケーションを取れるということだ。幸い向こうから手を出されていないし、こちらも手を出していない。

今なら交渉次第で円満にお引き取り願うことができるはずだ！

『人間、その手に持っている食い物をよこすのじゃ』

「く、食い物？」

そういえばカレーライスとスパム丼をお客さんのところに持っていく途中だった。ドラゴンと遭遇して身体が完全に硬直していたことで、逆にお盆を落とさなかったようだ。

「……このカレーライスとスパム丼ですか？」

『よくわからんが、その両の腕で持っている美味そうな匂いのする食い物じゃ』

料理の匂いにつられてこのキャンプ場にやってきたのか？

「ど、どうぞ」

本当はお客さんに出すはずの料理ではあったが、この巨大なドラゴンの要求を断る度胸など俺にはない。というか、このサイズでどうやってこの料理を食べるんだ？

『ふむ』

料理の載ったお盆を差し出したところ、なぜかドラゴンはソニアを眺める。

何をする気なんだ？

「んなっ……!?」

目の前にいたドラゴンがいきなり光り輝き始め、みるみるうちに縮んでいく。

そしてその身体は、俺より小さくなっていった。

「ふむ、この姿になるのは久方ぶりじゃな」

先ほどまで俺の目の前にいた巨大なドラゴンは跡形もなく消え去り、代わりに小さな少女がそこにいた。

イドより一回り小さく、ドラゴンの姿をしていた時のウロコと同じく燃え盛る炎のような赤色の髪をなびかせる少女。

口からは鋭いキバが覗き、頭には二本の白い角が生えていた。

そして、今現在ソニアが着ているメイド服を赤色に染めたような服をまとっている。先ほどまでソニアを見ていたのはそのためか。メイド服の後ろからは赤いドラゴンの尻尾が見え隠れしている。

「さあ、早くその食い物をよこすのじゃ」

少女は俺が持っている料理を指差している。どうやら戦闘の意思はないようだな。

「わ、わかりました。テーブルとイスも持ってくるから少し待っていてください。アルジャ、悪いけどテーブルとイスを急いで持ってきてくれ。それと、元々俺が運んでいく予定だったお客さんの分のカレーライスとスパム丼を急いで作るようにイドに伝えてほしい。ソニア、オブリさん、今のところ敵意はないみたいだし、こちらから攻撃はしないでほしい」

「わ、わかりました！」

「……ユウスケ、一秒たりとも気を抜かないでください。私が本気で挑んでも勝てるかわかりません！」

「悠久の時を生きる古代竜……儂も見るのはこれで二度目じゃ。儂の極大魔法が通じるか試してみたいのう」

「オブリさん、絶対にこちらからは手を出さないでくださいね!?」

俺は思わず目を見開いてそう言うのだった。

「ガツガツガツ……うむ、やはり思った通り美味いのう！　今までに味わったことのない辛さじゃが、癖になる味じゃ！　こっちは何の肉かはわからんが、香ばしいタレとの相性がよく、非常に美味じゃ！　これじゃから人間の作る料理はたまらんのじゃ！」

「「「…………」」」

夢じゃないいんだよなぁ……

俺たちの目の前でスプーンを雑に使い、口元を派手に汚しながら、勢いよくカレーライスとスパム丼を交互に口に運ぶこの少女が、この世界での伝説上の生物、古代竜だなんて……

「おい、そこの人間！　この食い物はとても美味かったぞ！　これと同じ物と、他の食い物も持ってくるのじゃ！」

俺は気圧されながらも返事する。

「あ、はい、ありがとうございます。……あの、その前にいくつか聞いてもいいですか？」

「んん、なんじゃ？」

「えっと……まずあなたは古代竜なんですよね？」

「ああ、そうじゃ。妾（わらわ）は古代竜であるサンドラじゃ！　敬い、ひれ伏すがいいぞ、人間！」

両手を腰に当て、無い胸を張ってドヤる少女。さっきのドラゴンから少女に変わる姿を見ていなかったら、とてもではないが信じられなかった。

「サンドラさん、ですね。私はこのキャンプ場の責任者のユウスケと申します。……えっと別にこのキャンプ場を壊したり、人を襲いに来たりしたわけじゃないんですよね？」

「んん？　当たり前じゃ。妾に歯向かってくるやつは別じゃが、何もしなければわざわざ手を出す気はないぞ」

よかった、とりあえず古代竜——もといサンドラさんは、人を襲って食べるわけじゃないんだな。

「ここに来たのは美味そうな匂いがしていたからじゃ。この前もこの付近の上空を飛んでいた時にいい匂いがしてのう、今日はそれを辿って、わざわざ地上まで降りてきたのじゃ！」

……なるほどな。このキャンプ場ではバーベキューとかを屋外でやるし、いい香りがするカレーライスやら燻製料理やらを提供しているから。

それにしても、俺たちが気付かないほど上空を飛んでいるのに、よく気付いたな。

「サンドラさん、このキャンプ場やここにいる人たちに危害を加えないと約束できますか？　約束できるなら、お客として扱って、料理もお出ししますけど」

「うむ、わかった。そちらから手を出さなければ妾からは何もせんと誓うのじゃ」

思ったよりも話が通じる古代竜さんだな。

そこで、俺はあることに気付く。

「あっ、そうだ！　サンドラさん、お金って持っていますか？」

さっきまではドラゴンの姿をしていて忘れていたが、お客として扱うのなら金をもらわないと！

「金？　ああ、そういえば人間は物の対価に金を渡すんじゃったな。ちょっと待っているのじゃ」

そう言いながら、サンドラさんはその小さな右腕を宙に突き出した。

「!?」

よく見ると、その右腕が途中から消えている。……いや、これはソニアと同じく収納魔法を使っているんだな。収納空間の中に手を入れているから、見えないだけみたいだ。

古代竜って魔法まで使えるのかよ。

「ほれ、金はないがこれなら十分足りるじゃろ。さっさと次の食い物を持ってくるがよい」

ドサッ。

サンドラさんは、俺の目の前にいろいろな物を投げ捨てた。

何やら高価そうな装飾のついた剣や、盾、色とりどりの宝石がついた首飾り……

鑑定とかはできないけれど、どう見てもカレーライス千杯以上の価値はあるよな。

……とりあえず無一文（むいちもん）でないことがわかったので、先に料理を持ってこよう。

「わかりました。それではこちらのおすすめの料理を持ってきますね。嫌いな物はありますか？あと、量はどれくらいお持ちすれば？」

「嫌いな物は特にないぞ、おすすめがあればそれを適当に持ってくるのじゃ。妾がもういいと言うまでどんどん持ってくるがいい」

「わかりました。それでは、そちらに座ってお待ちください」

「うむ、早く頼むぞ！」

ウキウキ顔でカレーライスの皿を行儀悪くペロペロと舐めているこの少女は、やはりとても古代竜には見えない。

「ソニア、オブリさん、ちょっと……」

管理棟に向かいながらソニアとオブリさんに話を聞くことにした。

「一応話は通じそうだったけど、古代竜ってどんな生物なんだ？」

「古代竜とは、古(いにしえ)より存在する強大な力を持ったドラゴンのことです。先ほどオブリ殿が仰(おっしゃ)っていたように、高い知能や、深い真紅の瞳とウロコを持っていることが特徴です。そもそも数が非常に少なく、人里離れた高い山に生息しており、人里に下りてくることなどないはずです。普通のドラゴンは討伐した経験がありますが、正直に言って、あの古代竜には勝てる自信がありませんね」

……そりゃそうだよな。あんなのが群れで頻繁に人里に下りてきたらたまった物ではない。

「他の竜族とは異なり、知能があって基本的に人は襲わんが、古代竜の怒りを買って国ごと消滅させられたという記録も残っておる。儂も一度だけその姿を見たことはあるが、結局は戦わずじまいじゃったのう」

怒らせたらヤバいとはいえ、知能があるから普通に接する分には大丈夫そうか。

満足するまで食べてもらって、大人しく帰ってもらうしかなさそうだな。

……なんて思っていたんだけど、これ、いつ終わるんだ？

「ガツガツガツ……うむ、こっちの魚や貝も美味い！　このしょっぱくて黒い液体がいい塩梅じゃ。それにこっちの肉は衣の中から、肉の味が溢れてくるのう！　生で食う肉やブレスで焼いた肉なんかよりも全然美味いのじゃ！」

「…………」

たった一人で食うわ食うわ。

この小さな身体のどこにこれほどの量が入るのか、不思議でならない。

下手したら身体と同じくらいの量を食べていてもおかしくないぞ。

どうやらこの世界には、質量保存の法則という物はないらしい。

料理を作ってはどんどんと持っていくのだが、サンドラさんは『もういい』とは言ってくれない。

「あの、ユウスケさん！」

「ん、どうしたサリア？」

「あの、市場で買っておいた食材があと少しでなくなりそうです。明日街に足りない分を買い出しに行くにしても、今日の分が持つかも怪しくなってきました」

「えっ、マジか？　わかった、ちょっと相談してみる」

まだ週の半ばだというのに、キャンプ場の食材が尽きかけるだなんて、思ってもみなかった。

ちなみに、サンドラさんがこのキャンプ場に来た時にドラゴンの姿を見たお客さんには、こちらから手を出さなければ安全だとは伝えてある。

それと、カレーライスとスパム丼を注文していたお客さんには提供が遅れてしまったので、料金を割引してあげた。

「あの、サンドラさん」

「ん、おお、ユウスケじゃったな。ここの食い物はどれもこれも全て美味いぞ！　今までも稀に人間の作る食い物を口にすることはあったが、そのどれよりもここの食い物は美味いのじゃ！」

うっ、そこまで満面の笑みで料理を褒められると、もう食材がないとは言い辛い。

大丈夫かな、怒り出してキャンプ場を滅ぼそうとしたりしないよな？

「ありがとうございます。実は大変申し訳ないのですが、食材のほうが尽きかけておりまして……すみませんが、お料理をこれ以上提供するのが難しく……」

「ぬっ!?　そうなのか。まだ腹は半分くらいなのに残念じゃのう……まあ、これぱかりは仕方がない。実に美味い飯じゃったが……」

ものすごく残念そうな表情をしている。というか、料理は実に美味しそうに食べてくれたし、話も普通に通じたし、なんだかこちらのほうが申し訳ない気持ちになってきた。少なくとも前に来た貴族よりは百倍マシなお客さんだ。

「そうだ、温泉には入ったことはありますか？　このキャンプ場には温泉があるんですよ。せっかくなら試してみませんか？」

「温泉……なんじゃそれは？」

「それじゃあ、ついてきてください」

そうして俺らは浴場へ。

ちょうど入り口にサリアがいたので、事情を説明する。

「――というわけで、サリア、頼むな」

「は、はい！　で、でも私で大丈夫なんでしょうか？」

「話はちゃんと通じるし、こちらのルールにも従ってくれている。結界もあるし大丈夫だと思う。もしも本当に嫌だったらソニアに頼んでみるけど……」

さすがに俺が女湯についていったり、混浴に一緒に入ったりするわけにはいかないから、申し訳ないがどちらか一人にお願いするしかない。

ただ、ソニアは実力者であるがゆえに、どうしてもサンドラさんを警戒して距離を取ってしまうらしい。

だから、できればサリアにお願いしたいんだよな。

「いえ、大丈夫です！　頑張りますね！」

「ああ。何かあったらすぐに呼んでくれよ」

「はい！」

サリアなら気遣いもできるし、初めて温泉に入るサンドラさんの世話をしてくれるだろうから安心だ。

あと、サンドラさんにはくれぐれもドラゴンの姿に戻らないように注意しておいた。結界内の温泉であんな姿に戻ったら、下手をすればサンドラさんが温泉の内壁を破れずに、圧死してしまう可能性すらある。

そして待つことおよそ四十分。

「ユウスケ、何じゃあの温泉というやつは！　マグマに浸かるよりも気持ちよかったぞ！　それにそのあとに飲んだあの冷たくて甘い飲み物も最高じゃった！」

どうやら温泉も、そのあとに飲んだフルーツ牛乳もお気に召してくれたようだ。

しかし、比較対象がマグマだなんて、とんでもないな。

ただ、こうしてはしゃいでいるところを見ると、本当に普通の女の子にしか見えない。

「気に入ってくれたみたいでよかったです。火山の付近だと自然に湧いている温泉とかもあるので、探してみるのもいいかもしれませんね。あ、でもたまに有毒のガスが出てくることもあるから注意してください」

俺がそう言うと、サンドラさんはにっこり笑う。

「そうなのか！　うちに帰ったら探してみるのじゃ！」

「いやあ、馳走になったのう。それに温泉とやらも見事じゃった！」

「気に入ってもらえてよかったです」

もう夕方と言っていい時間だ。日が暮れ始めている。

サンドラさんが帰ると言うので、キャンプ場の入り口まで俺とサリアで見送りに来ている。

「……のう、妾はまたここに来てもよいかのう？」

「えっ、ええっと……」

さすがに言葉に詰まってしまう。確かに今回サンドラさんは誰にも危害を加えようとしなかったし、こちらがお願いしたことにも全て従ってくれた。

とはいえ、ソニアやオブリさんから、古代竜はヤバい存在だと聞いている。怒りを買って国を滅ぼしたなんて話を聞くと、さすがにいつでも来てくださいとは気軽に言えない。

他にもお客さんはいるわけだし、言い方は悪いかもしれないが、危険物とか不発弾を抱え込むような物だ。

「……いやいい。やはり忘れてくれ」

「えっ……」

「すまんのう、人間と話すのは久方ぶりじゃったから、いろいろと忘れていたようじゃ。わかっておる、妾のような巨大な竜と人間は相容れない物じゃったのう。今回はあまりにも良い香りがして我慢できずに降りてきてしまっただけじゃ。もうここには来ぬから安心するがよい」

「…………………」

『わかっている』とサンドラさんは言った。だがそれが本意でないことは、あまりに寂しそうな表情を見ればわかってしまう。

人は一人では生きられない。だから群れて生きていく。だが、サンドラさんのような強大な力を持つ古代竜は、一人でも生きていくことができるのだろう。

だけど、だからこそ一人は寂しい……

「……サンドラさん、少しだけ俺に付き合ってもらってもいいですか？」

「ん、なんじゃ？」

キャンプ場を出て、俺とソニアとサンドラさん、そしてオブリさんの四人で山を登っている。

俺とソニアとオブリさんが先行して、距離を空けてサンドラさんがついてきているような形だ。

もう少し登ると、開けた場所がある。

「……ユウスケ、正気ですか？」

小声でソニアが言うのに、俺は笑顔を返す。

「まあ、まずは試してみてだろ。駄目だったらそれまでだし、話のわからない人ではなさそうだしさ」

「ソニア殿には悪いが、儂は楽しみでしょうがないわい。古代竜の力をこの目で見られるかもしれんとはのう」

「……というか、オブリさんはお客さんなんですし、キャンプ場にいてくださいよ。何かあった時はソニアがいるから大丈夫ですって」

それから少しして、サンドラさんがこちらにやってきた。

「それでユウスケ、こんなところにまで妾を連れてきて何をする気なんじゃ？」

「ちょっと試してもらいたいことがありまして。あっ、あそこに一本だけ生えているあの木、ちょうどよさそうですね。サンドラさん、あの木に向かって全力で攻撃してみてもらっていいですか？」

「……はあ？」

何を言ってんだこいつ、みたいな冷めた目で見られた。

見た目だけは可愛らしい少女なので、一部の特殊な性癖の持ち主にとってはご褒美になるのかもしれない。言っておくが俺にそんな趣味はないからな！

「今あの木の周辺に俺の能力で結界という物を展開しました。どんな力でもあの木を破壊することはできないはずです」

キャンプ場に固定してあった結界を、一時的にあの木の周辺に移している。今確認しなければならないのは、サンドラさんが俺の結界の能力を破れるかどうかだ。

Aランク冒険者のソニアや、極大魔法とかいうヤバい魔法を使えるオブリさんの攻撃を防ぐことができた結界だが、国を滅ぼしたという古代竜の攻撃を防げるかどうかまではわからない。

逆に、そこさえクリアできたなら、サンドラさんをキャンプ場のお客として迎え入れてもいいと思っている。

前に来た貴族とは違って、ちゃんとこちらのルールにも従ってくれていたし、料理や温泉を独り占めしようなどとは決して考えていなかったしな。

ぶっちゃけ、俺から見たらヤバい力を持っているのはソニアやオブリさんも同じだ。それを抑える理性さえあるならば、共存していくことは可能に違いない。

「よくわからんが、あの木を倒せばいいのじゃな。ほれ」

ヒュン！

サンドラさんが軽く腕を振るうと、半透明な風の刃が木へ飛んでいった。速過ぎて辛（かろ）うじて視認できたかも、みたいなレベルだ。

しかし結界の能力により、その攻撃は木に当たった瞬間に掻き消えた。

「な、なんじゃ？　魔力は感じなかったが、妾の魔法が消されたぞ……」

そう言いながら、また腕を振るう。しかし木は倒れない。

「なんじゃこれは？　こんな力は初めて見たぞ!?」

「これが俺の能力です。もっと強い攻撃も試してみてください」

「……ほう、言うたな」

サンドラさんが木の真正面に立つ。

「ふんっ！」

渾身の右ストレートを放つが、木はビクともしない。

「馬鹿なっ⁉　なんじゃこれは！」

サンドラさんは木がビクともしないことにとても驚いている。

「どうなっておるのじゃ？　……よし、妾も少し本気を出すとしよう。ユウスケ、少し離れておるのじゃ」

サンドラさんの身体が光り輝き、赤いメイド服を着た少女から、巨大な赤いドラゴンの姿に戻っていく。

……うん、やっぱりこのドラゴンの姿は少し怖い。

『これならどうじゃ！』

大きな腕を振るい、その鋭く尖った白い爪を木に突き立てる。

しかも、その爪一本一本は風を纏っているように見える。

もしかしたら、魔法で強化されているのかもしれない。

『…………』

しかし、その爪も結界の能力によって阻まれた。よし、どうやらあの巨大なドラゴンの姿の爪でも結界は破れないようだな。

『……ユウスケ、もう少し離れておれ。次は本気の本気でいくのじゃ』

ソニアやオブリさんたちと一緒にドラゴンの姿のサンドラさんから更に距離を取る。これ以上の本気があるのかよ……

『ドラゴンブレス‼』

サンドラさんの口元が光り輝き、鋭い牙の隙間から真っ赤に燃え上がった炎が見える。

かなり離れたこの場所にもその熱気が伝わってくる。そして、サンドラさんの口から灼熱の赤き炎が放たれた。

ゴオオオオオオオ！

一本の木どころか、山ごと燃やし尽くしそうな巨大な炎の息吹が木に向かって伸びた。

『…………』

しかしそこには先ほどと変わらずに、一本の木がそのまま残っていた。木を中心に最大範囲で結界を展開していたため、その後ろにある山や木々もそのままの姿で残っている。

ソニアの風魔法による弓や、オブリさんの極大魔法とやらをこの目で見て、もう並大抵のことでは驚かないつもりだったが、さすがにドラゴンブレスには驚いた。確かに空からあんなヤバいブレスを吐かれ続けたら、国が滅んでもおかしくはない。

「……あんな物、防ぎようがありませんね」

「……う〜む、炎に強い水魔法を使ったとしても儂一人では防げないのう。村の者たちの力を借りてなんとかといったところじゃな。これが古代竜のドラゴンブレスか。よい物が見られたわい」

二人から見ても古代竜のブレスはとんでもない威力だったらしい。しかし、神様からもらった結界の能力はそれを更に上回ったようだ。

巨大なドラゴンの身体が光り輝き、どんどんと小さくなる。

サンドラさんは先ほどの少女の姿へと戻った。

「おい、ユウスケ、なんじゃあれは！　妾の本気の攻撃でも葉っぱ一枚落ちとらんぞ！」

ものすごい勢いで俺のほうに詰め寄って、胸ぐらを掴んでくる。少女の姿で身長差があるため、頑張って背伸びをしているみたいだ。

「あれが俺の能力だよ。どんな攻撃でも無効化できる、ちょっと特別な能力なんだ」

改めて考えても相当なチート能力だ。攻撃することはできないけれど、防御に使うならまさに無敵だな。

「これでもしサンドラさんが暴れたとしてもなんとかなる。もしサンドラさんさえよければ、またキャンプ場にお客さんとして来てほしい」

「…………………」

「さすがにあれだけの料理を毎日用意するのは難しいけれど、たまに来てくれるなら歓迎するぞ」

「……本当によいのか。妾は古代竜じゃぞ？」

「それを言ったら、うちのキャンプ場には人族のお客さんのほうが少ないくらいだ。もちろんいくつかルールを守ってもらうことにはなりますけどね」

「……本当の本当にか？　先ほどの妾の姿やブレスを見てもそんなことを言うのか？」

「あれだけ俺たちが作った料理を美味しそうに食べてくれれば、こちらも嬉しくなります。それに俺の力もさっき見ましたよね？　俺だってサンドラさんに負けないくらい特別なんです」

そもそもこの世界の人間ですらないしな。

「……ふん、そこまで言うのなら、また来てやるとするのじゃ！」

プイと照れた顔でそっぽを向くサンドラさん。俺たちの世界ではそれをツンデレと呼ぶんだぞ。可愛いところもあるじゃないか。

それから、ソニアも含めてサンドラさんと一緒にキャンプ場に来る時のルールを定めた。

第一に、ドラゴンの姿で現れるのは絶対に禁止だ。

キャンプ場に来る度にドラゴンの姿で現れていたら、俺たち従業員やお客さんの心臓がいくつあっても足りない。このあたりまで来る時はいいが、少なくともこのキャンプ場の付近でドラゴンの姿になるのは駄目である。

次に、人を傷付けるのも絶対に禁止だ。

これは他のお客さんも同様だが、サンドラさんにはできる限りキャンプ場の外でも人を傷付けないように頼んだ。

もちろんサンドラさんを狙ってくる敵に反撃するのはいいが、それ以外の場合はできる限り人を傷付けないようにお願いした。

やはり、自分から人を傷付けるような者をお客としては招きたくない。元々サンドラさんはそう

いった弱い者イジメは絶対にしなかったそうなので、そちらについては快諾してくれた。

最後に、このキャンプ場の食事についてだ。さすがにあれだけの量の食事を毎回食べるとなると、食材が必ず足りなくなる。

というわけで、食材についてはサンドラさんに用意してもらうことにした。普段から狩りをして自分の食料を確保しているらしいから、それについても問題ないということだった。大半は肉になりそうだけどな。

さすがにいつ来るかわからないサンドラさんのために、大量の食材を仕入れておくわけにはいかない。それに一人がつきっきりで料理をしないといけないから、混んでいるお昼は避けてもらうことも約束する。

多少料理の提供が遅くなるかもしれないとも伝えた。

今はひとまずこの程度。また不都合があったら追い追い決めていこう。

竜の姿に戻ったサンドラさんは言う。

『それでは、本当にまた来るからのう』

「その時は絶対に今の姿じゃ駄目ですからね。ちゃんと人の姿で来てくださいよ。あとさっき代金としてもらった品は街で売ってきます。今度来た時に食事代を引いた金額を返させてください」

『んん、あんな物いくらでもあるから別に構わんぞ』

「さすがにもらい過ぎです。きっちり返します」

まだ借金のある俺にとってはとてもありがたい話なんだが、それでもらってしまうのはよくない。たぶんあれらはかなりの掘り出し物で、サンドラさんが食べた料理とは全く釣り合わない。……本当はお金が欲しいが、我慢我慢。

『ふむ、よくわからんところで律儀（りちぎ）な人間じゃな。好きにすればいいのじゃ。……それと今後、妾のことは呼び捨てでサンドラと呼ぶがよい。それではさらばじゃ！』

「……ああ。サンドラ、またな」

『……フン！』

バサバサとその大きな翼を上下させ、あっという間に遥か上空へとサンドラは消えていった。しかし今日はとんでもない一日だったな。まさかいきなりキャンプ場に古代竜がやってくるとは……

「正気の沙汰とは思えません、まさか古代竜を客として受け入れるなんて……」

サンドラを見送ったあと、ソニアとオブリさんと一緒に山を下りてキャンプ場へ向かっている。

「他のみんなに相談もせずに決めて悪かったな。みんなが嫌がるようなら、俺が接客するからさ」

「そういう問題ではありません。何もわざわざ面倒なお客を受け入れなくてもいいでしょうに……」

「まあそうなんだけどさ……やっぱり、ずっと一人って寂しいじゃん？」

もちろん俺もソロキャンプは大好きだ。一人でのんびりと過ごすのはとても楽しい。他人に気兼ねせずに自分のやりたいことを好きなだけ楽しめるからな。

しかし、他人と一緒にキャンプをするのも別の楽しさがある。

みんなで話し、みんなでご飯を作って食べ、みんなで酒を飲む。それは決して一人では味わえない楽しさだ。

あえてキャンプに例えてみたが、要は一人でいるのもいいけど、大勢で過ごす楽しさも知ってほしいってことだ。

「……はあ。まったくユウスケはお人好し過ぎますよ」

「人が悪いよりもいいだろ。何かあった時は頼りにしているよ。盗賊が来た時もソニアがいてくれたお陰で助かったしな」

「まったく、調子がいいですね。さすがにあのレベル相手では到底役に立てるとは思えません」

「まあ儂としては、あの者と手合わせをする機会が作れそうで嬉しい限りじゃがな」

オブリさんはそう言ってニヤリと笑った。

「訓練として頼むのはいいですけど、いきなり攻撃するのだけは絶対にやめてくださいよ……」

「なあに、さすがにそれくらいは儂も弁えておるわい」

「それにしても、古代竜って何歳くらいなんですか？」

「細かくは儂にもわからんが、少なくとも儂以上に歳を重ねておっても不思議はないのう」

確かオブリさんって三百歳を超えているんだったよな……相変わらずこの世界の長命種の寿命はすごい。隣にいるソニアも少なくとも百五十歳は超えているみたいだし。というか、結局ソニアの年齢っていくつなんだろうな……

「……って痛い！」

またソニアに叩かれた。

サンドラを見送って、結界の能力はキャンプ場に展開し直したので、今の俺は完全に無防備だから痛いって。

「何も言ってないんだけど!?」

「喋らなくても視線で何を言いたいかわかりますよ」

「うっ……」

確かに何歳くらいなのかなあと思ってちょうどソニアをチラ見してしまった。

でも、それだけでよくわかったな。

「その反応。やはり失礼なことを考えていたようですね。叩いて正解でした」

「嵌められた！」

どうやらカマをかけられたらしい。というかそれ、もし俺がソニアの歳のことを考えていなかったらただの叩かれ損なんだけど!?

「……まったく、二人とも呑気じゃのう」

オブリさんは呆れたようにそう言った。

まぁ、この気の抜けた感じが俺たちらしいと言えば俺たちらしい。

……それにしても、他のみんなにサンドラのことを説明するのはいろいろと骨が折れそうだ。

ま、でもこの世界に来てからは本当に退屈しないな。

一日一日が本当に新鮮で楽しい。

この世界に連れてきてくれた神様には感謝しないといけないな。

きっとこれから先も、このキャンプ場にはいろんな面倒ごとが舞い込んでくるだろう。

なんならキャンプ場を狙う男の正体だって、まだわかっていないわけだし。

だけど、みんながいればきっと乗り越えていくことができるはずだ。

さあ、キャンプ場に戻って、みんなと一緒に美味しいご飯を食べるとしよう！

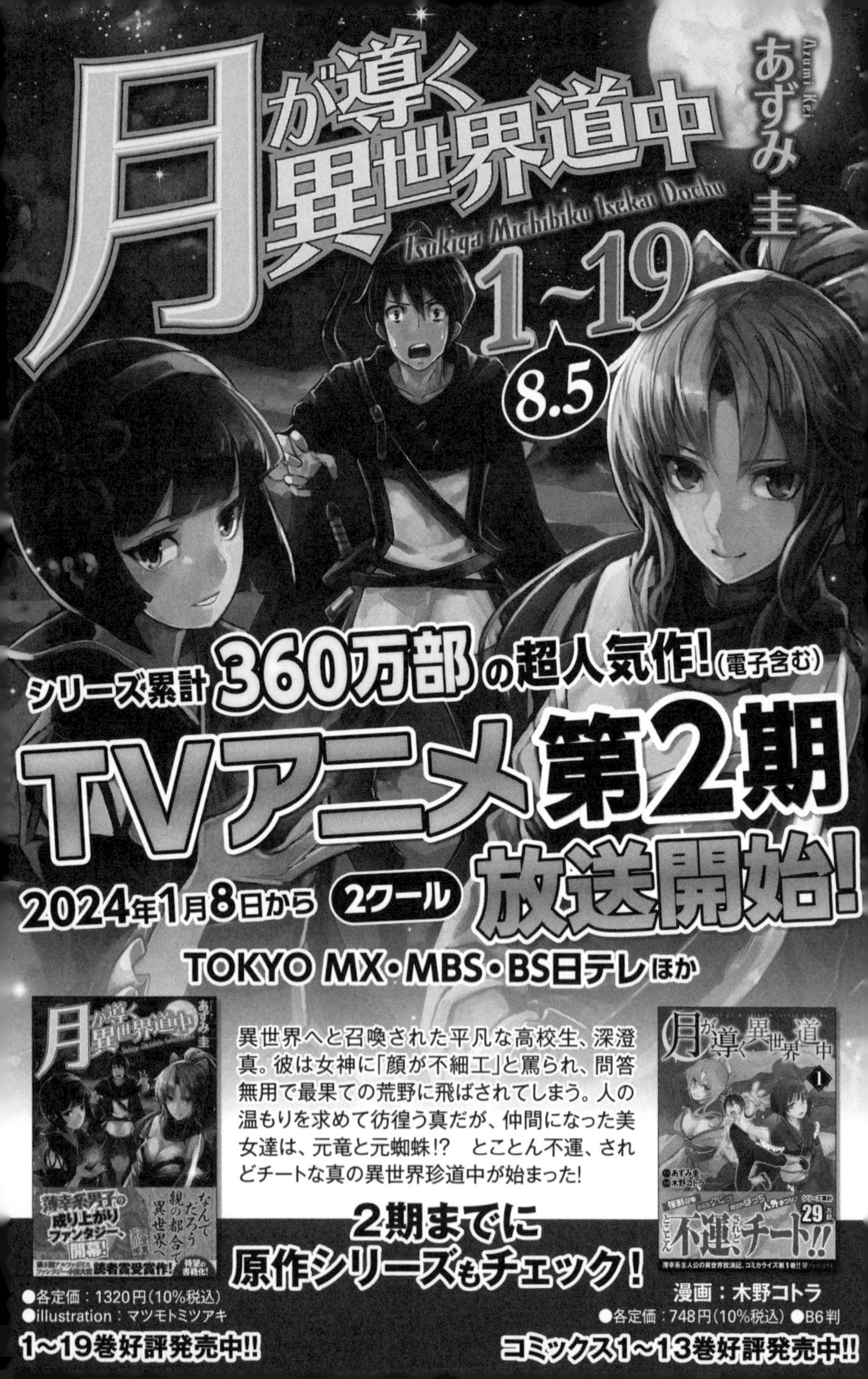

子育てしながら冒険者します
異世界ゆるり紀行
1~15
水無月静琉
Minazuki Shizuru
シリーズ累計
110万部
(電子含む)
突破!!
2024年7月
TVアニメ
放送開始!!
(テレ東・BSテレ東ほか)
1～15巻
好評発売中!
コミックス
1～8巻
好評発売中!
異世界ゆるり紀行 子育てしながら冒険者します
水無月静琉
転生したら、双子を保護しました。
子連れ冒険者の異世界のんびりファンタジー!
特別賞受賞作!
子連れ冒険者の
のんびりファンタジー!
神様のミスで命を落とし、転生した茅野巧。様々なスキルを授かり異世界に送られると、そこは魔物が蠢く森の中だった。タクミはその森で双子と思しき幼い男女の子供を発見し、アレン、エレナと名づけて保護する。アレンとエレナの成長を見守りながらの、のんびり冒険者生活がスタートする!
異世界ゆるり紀行 子育てしながら冒険者します
水無月静琉
みずなともみ
1
転生したら、幼い双子を保護しました。
シリーズ累計
15万部!!

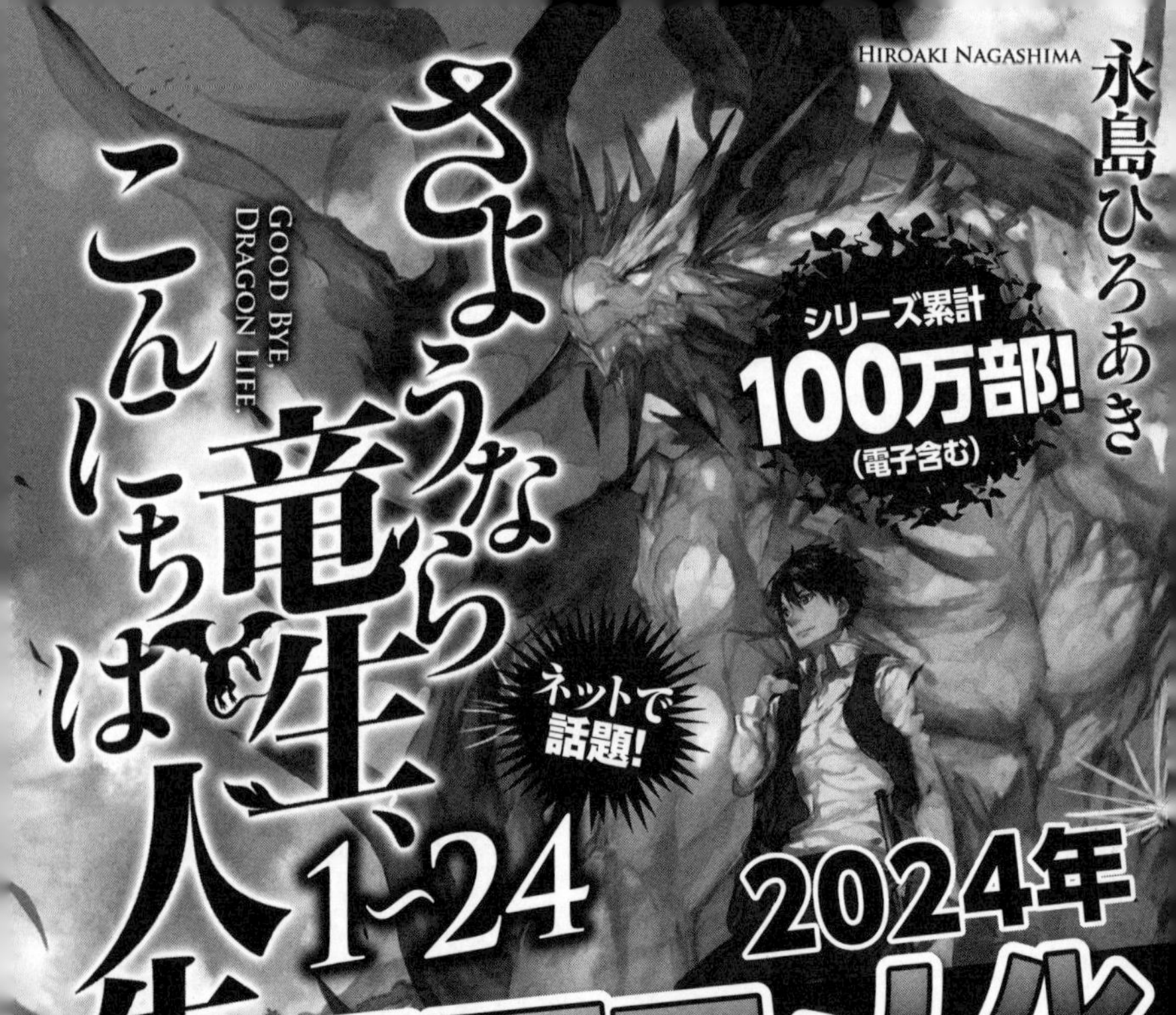

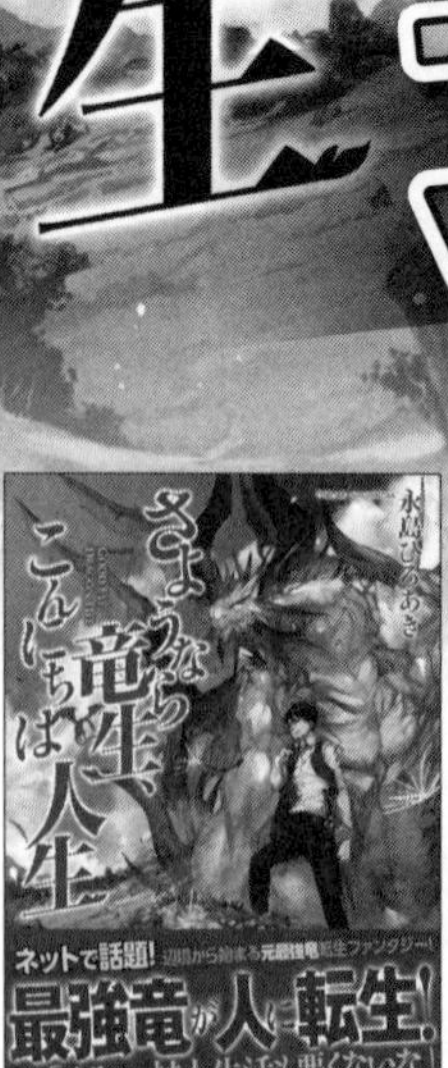

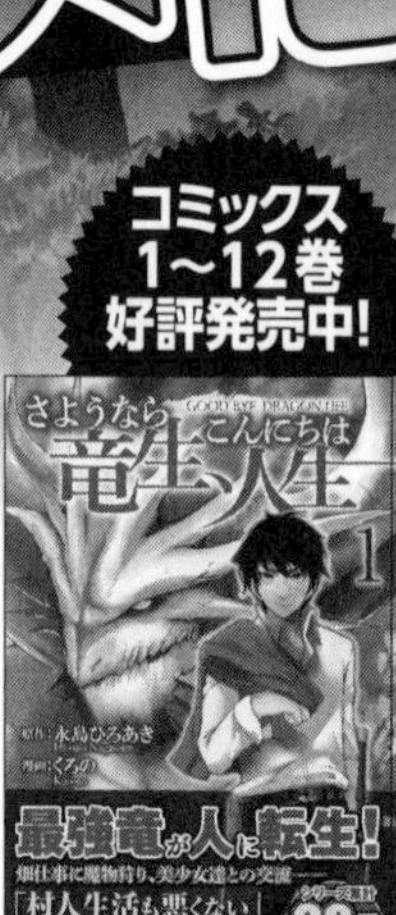

●定価：1320円（10%税込）　●ISBN：978-4-434-33768-0　●illustration：すみしま

ひっそり静かに生きていきたい

Hissori shizuka ni ikite ikitai

於田縫紀（おたぬき）
[author]

神様に同情されて異世界へ。頼みの綱はアイテムボックス

異世界で 狩り、読書、たまに人助け。

偶然出会った二人のワケあり少女——
冒険者として目立たず密かに活動中！

神様に不幸な境遇を同情され、異世界へ行くことになった14歳の少女、津々井文乃（ツツイフミノ）。彼女はそのとき神様から、便利な収納スキル「アイテムボックス」と異世界の知識が載った大事典を貰う。人間不信のフミノは、それらを駆使しつつ、他人から距離を取る日々を送っていた。しかしあるとき、命を助けた元メイド見習いの少女、リディナと二人暮らしを始めたことで、フミノの毎日は予想以上に充実していく——

●定価：1320円（10%税込）　●ISBN 978-4-434-33766-6　●illustration：さす

●各定価:1320円(10%税込)　●Illustration:蓮禾

この作品に対する皆様のご意見・ご感想をお待ちしております。
おハガキ・お手紙は以下の宛先にお送りください。

【宛先】
〒150-6019 東京都渋谷区恵比寿 4-20-3 恵比寿ｶﾞｰﾃﾞﾝﾌﾟﾚｲｽﾀﾜｰ 19F
（株）アルファポリス　書籍感想係

メールフォームでのご意見・ご感想は右のＱＲコードから、
あるいは以下のワードで検索をかけてください。

アルファポリス　書籍の感想

ご感想はこちらから

本書は Web サイト「アルファポリス」（https://www.alphapolis.co.jp/）に投稿されたものを、改題、改稿、加筆のうえ、書籍化したものです。

異種族キャンプで全力スローライフを執行する……予定！２

タジリユウ

2024年4月30日初版発行

編集－若山大朗・今井太一・宮田可南子
編集長－太田鉄平
発行者－梶本雄介
発行所－株式会社アルファポリス
〒150-6019 東京都渋谷区恵比寿4-20-3 恵比寿ｶﾞｰﾃﾞﾝﾌﾟﾚｲｽﾀﾜｰ19F
TEL 03-6277-1601（営業）　03-6277-1602（編集）
URL https://www.alphapolis.co.jp/
発売元－株式会社星雲社（共同出版社・流通責任出版社）
〒112-0005 東京都文京区水道1-3-30
TEL 03-3868-3275
装丁・本文イラスト－宇田川みぅ
装丁デザイン－AFTERGLOW
印刷－中央精版印刷株式会社

価格はカバーに表示されてあります。
落丁乱丁の場合はアルファポリスまでご連絡ください。
送料は小社負担でお取り替えします。

ISBN978-4-434-33771-0 C0093